나쁜 사람에게
지지 않으려고 쓴다

# 나쁜 사람에게 지지 않으려고 쓴다

정희진 지음

정희진의 글쓰기 1

교양인
GYOYANGIN

## 2장 당사자의 글쓰기는 혁명의 꽃이다
### 내용이자 방법으로서 윤리적 글쓰기

# 3장 글쓰기의 두려움과 부끄러움
## '세월호'에 대해 쓴다는 것

# 나의 몸, 나의 무기

나의 육체여, 나로 하여금 항상 물음을 던지는 인간이 되게 하소서. - 프란츠 파농

우리 모두에게는 칼이 있습니다. 그러나 '남자'는 칼자루를, '여자'는 칼날을 쥐고 있습니다. 이 상태에서 대화를 시도할수록 우리는 피를 흘릴 뿐입니다. …… 그러나 우리가 실패하지 않는다면, 무엇으로 역사를 채우겠습니까. - 나혜석

## 나는 왜 쓰는가

이 책의 제목, "나쁜 사람에게 지지 않으려고 쓴다"는 나다운 표현이긴 하지만, 제목으로 정하기까지는 용기가 필요했다. "당신은 왜 글을 쓰나요?", "당신에게 글은 무슨 의미입니까?" 같은 질문을 받을 때, 나는 "그걸 어떻게 말로……"라며 머뭇

거린다. 내가 글을 쓰는 이유는 단순하고 목적도 분명하다. "저는요, '나쁜 인간'을 응징하려고 써요." 이렇게 바로 말하고 싶지만, 나 역시 적절한 사회 생활 태도를 신경쓰는지라 '고상한' 말로 둘러대곤 한다. 그런데 급기야는 책 제목으로 정했다.

"왜 쓰는가"와 "왜 사는가"는 같은 표현이다. 사실, 이 물음은—누구나 작가인 시대지만—작가에게만 해당하는 질문이 아니다. "왜 사는가"를 고민하지 않는 인간은 없다. 특히 어려운 시대, 어려운 상황에 처한 이들일수록 그렇다. 삶은 행위의 연속이다. 모든 행위는 침묵이든 폭력이든 놀이든 노동이든 인간관계든, 그리고 죽음의 방식까지 자신을 표현하는 퍼포먼스다. 이러한 표현은 기호(signs), 즉 말과 글로 이루어진다. 오늘날 널리 쓰이는 '프레젠테이션(presentation)'이 그것이다. 좀 더 정확히 말하면, 모든 표현은 자기만의 사유(특정한 렌즈)를 거치므로 각자의 몸을 통과해 '걸러진' 재현(再現, re-presentation)이다. 표현이 아니라 재현이 맞는 말이다.

글쓰기를 삶의 형태라고 할 때, 글을 쓰는 이유(자기 표현)는 인구 수만큼 다양할 것이다. 글은 몸의 형식(form)이기 때문이다. 사람마다 재현의 양식이 다를 뿐이다. 다만, 글쓰기는 다른 분야와 마찬가지로 그만의 특징이 있다. 인간은 모차르트처럼 네 살부터 작곡을 하고, 강-약을 조절하는 피아노를 연주할 수도 있는 존재다. 수많은 엘리트 스포츠 선수들처럼 유년 시절부터 '스케이트'를 탈 수도 있다. 그러나 네 살부터 글을 쓰는 사람은 없다(낱말을 익힐 수는 있다). 글은 하고 싶은 말이 있을 때, 그 말이 생각으로 조직되고 그 생각을 표현할 수 있는 언어가 있어야 가능하다. 이 세 가지 요건은 적어도 10대가 되어야 가능하다. 고등학교 시절 신춘문예에 당선된 이들이 극적인 사례가 될 것이다. 이 역시 1970년대 훈육 세대에서나 가능하지, 태어나자마자 스마트폰을 쥔 요즘 10대 청소년들은 '전통적인 글쓰기'보다는 다른 방식으로 자신을 재현한다.

## 페미니즘을 만난 나는 운이 좋았다

삼십 세를 이립(而立), 삶의 기초가 확립되는 때라고 하지만 그것은 공자의 생각이고, 현대 철학에서 인간은 죽을 때까지 방황하는 존재다. 나는 서른 살에 어렴풋이 나 자신에 대해 알았다. 나의 위치(position)를 깨달았다. 페미니즘 덕분이다. 특정한 사유나 사람 등 의미 있는 인생의 레퍼런스를 언제 어떻게 만나는가는 운에 달렸다. 나는 운이 좋았다. 내가 다른 이들에 비해 페미니즘에 노출될 수 있는 환경에 가까이 있었다는 의미다.

나의 계급과 젠더, 건강과 나이, 심리적으로 취약한 개인적 캐릭터. 사회적 약자는 상대적 개념이지만, 당시 나는 서울 출신이라는 사실 외에 거의 모든 면에서 약자라고 생각했다. 한마디로, 나는 '돈 없는+여자'였다. 나는 약자로서 먹고살 방도를 찾으면서도, 그 방법이 성차별 사회에서 경제적인 측면뿐만 아니라 사회적으로도 나를 보호할 수 있기를 갈망했다. '답'은 금방 나왔다. 글쓰기였다. 물론 '지식인'이었던 부모님의 영향, 제도 교육의 세례, 당시 이삼십 대의 몸, 그리고 기호 식품과 여행, 미팅, 소비 생활 등이 전무한 초간단 라이프 스타일로 인해 남들에 비해 무한히 많은 시간 같은 자원이 있었음을 부정하긴 어렵다.

글쓰기라는 '직업 훈련'은 다른 분야에 비해 비용이 덜 든다. 한때 외국 유학 준비를 위해 딱 한 달 학원에 다닌 것 외에는 나는 평생 사교육비를 쓴 적이 없다. 나는 걸어서 서초동에 있는 국립중앙도서관에 가서 하루 종일 책을 찾고 읽을 수 있었다. 메모할 내용은 그 자리에서 메일로 전송했다.

문제는 '작가'가 다소 시끄러운 직업이라는 사실이다. 모든 글쓰기에는 사회적 책임이 따르고, 나의 관심사는 페미니즘을 비롯한 온갖 논쟁적인 주제가 대부분이다. 젠더 관련한 글은 여성도 남성도 불편하게 한다. 당파성이 뚜렷한 글이라 당파성이 있으면 있는 대로, 없으면 없는 대로, '틀리면 틀리는 대로' 욕을 먹는다. 격려보다는 비판이 많을 수밖에 없다. 글쓰기와 관련하여 가장 괴로운 경우는 두 가지다. 사회적 편견(무지), 난센스, 어처구니없는 이들과 '싸워야' 할 때, 그리고 간혹 독자나 출판 관계자로부터 내 글이 내가 가장 비판하는 다른 이들의 글과 비슷하다는 '평'을 들을 때다. 지구를 탈출하고 싶을 정도로 노동 의욕이 사라진다.

## 약자가 품위 있게 싸우는 방법

"'나쁜' 사람에게 지지 않으려고 쓴다."는 말은 당연히 논쟁적이다. 나부터 의심스럽다. 나는 '좋은' 사람인가? 선악과 시비, 승부는 누가 정하는가.

선악은 규범적이지만, 강약은 맥락적인 개념이다. 갑을 관계는 상황에 따라 다르고, 세상은 갑을로만 구성되어 있지 않다. 갑을(甲乙)에 속하지 않은, '병정무기경신임계(丙丁戊己庚辛壬癸)'도 있다. 이는 본디 순서(위계)가 아니라 순환이다. 고정된 약자나 강자는 없다. 관계 속에서 약자만이 지닐 수 있는 무기를 찾아야 한다.

피터 패럴리 감독의 2018년작 영화의 제목 '그린 북(Green Book)'은 1960년대 미국에서 흑인들이 이용할 수 있는 숙박업소, 주유소, 식당 등을 지역별로 표시해놓은 '흑인 전용 여행 가이드북'을 가리킨다. 실화를 바탕으로 한 작품이지만, 믿기지 않을 정도로 분노의 장면이 연속해서 펼쳐진다. 주인공 토니 발레롱가('백인', 비고 모텐슨 분)와 돈 셜리 박사('흑인', 마허샬라 알리 분)가 인종 차별에 대응하는 방식은 정반대이다. 극중 '흑인' 천재 피아니스트로 나오는 주인공은 말한다. "품위(dignity)만이 폭력을 이길 수 있어요." 나는 이 대사가 좋았지만 동시에 무기력하게 느껴졌다. 정의는커녕 의리도 찾기 힘든 세상에서 품위라니?

나 역시, 토니처럼 '욱' 하는 성격에, 분노를 잘 다스리지 못한다. 결국 내 분노는 다시 내게 부메랑으로 돌아온다. 방관자이고 싶지 않은 정의감(?)에 나섰다가 오히려 가해자로 몰린 적이 한두 번이 아니다. 돈 셜리 박사는 말한다. "나는 평생을 참고 사는데, 당신은 하루도 못 참냐."고. 그렇다. 품위는 약자의 어쩔 수 없는 선택이다. 약자에게는 폭력이라는 자원이 없다. 이런 세상에서 나의 무기는 나에겐 '있되', '적'에겐 없는 것. 바로 글쓰기다. '적들은' 절대로 가질 수 없는 사고방식. 사회적 약자만 접근 가능한 대안적 사고, 새로운 글쓰기 방식, 저들에게는 보이지 않지만 내게만 보이는 세계를 드러내는 것. 내가 비록 능력이 부족하고 소심해서 주어진 지면조차 감당 못하는 일이 다반사이지만, 내 억울함을 한 번 더 생각하고 나보다 더 억울한 이들의 목소리를 듣고, 그러면서 세상을 배워야 한다. 그것이 '품위 있게' 싸우는 방법, 글쓰기다.

## 글쓰기의 핵심은 윤리

대개 글쓰기의 '3대 요소'를 정치학(입장), 윤리학(방법), 미학(문장)이라 하지만, 이 세 가지는 1:1:1의 균형과 조화를 의미하는 것이 아니다. 이를테면, 글을 평가할 때 "미문에 비해 말하고자 하는 바가 부족하다."느니, 반대로 "주장을 뒷받침하는 근거가 약하다."느니 "문장이 매끄럽지 못하다."는 등의 언설이 그것이다. 이러한 사고방식은 정치학과 미학을 대립시키는 이른바 '순수 문학 대 참여 문학' 같은 언어도단으로 드러난다. 글쓰기의 윤리는 표절을 둘러싼 논쟁을 넘어서는 인식론적 이슈다.

나는 글쓰기의 '세 요소'가 정삼각형 같은 형태라고 생각하지 않는다. 이들은 상호 보완적이거나 대립하지 않는다. 핵심은 윤리다. 소재에 대한 태도와 글쓰기 방식이 정치적 입장과 미학을 결정한다. 탈식민주의와 페미니즘 사상의 핵심은 재현의 윤리이다. 누가 말하는가. 누가 듣는가. 누구의 목소리가 큰가. 누구의 목소리가 들리지 않는가. 사람들이 듣기 싫은 말은 무엇인가. 사회는 누구의 목소리에 귀를 기울이는가. 이러한 권력 관계의 동학은 교육 현장, 출판 시장, 미디어 같은 구체적인 장에서 어떻게 구현되는가. 글은 우리의 삶을 어떻게 결정하는가.

타자화(他者化)란 "나는 그들과 다르고 그 차이는 내가 규정한다."는, 이른바 '조물주 의식'이다. 이러한 자기 신격화는 민주주의와 예술의 적이다. 윤리적인 글의 핵심은 다루고자 하는 존재(소재)를 타자화하지 않는 것이다. 그 과정에서 자신을 알고, 변화시키고, 재구성하는 것이다. 남을 억압하는 사람은 자신을 해방하지 못한다. 실천적이고 진보적인 글은 '불쌍한 이'들에 대한 리포트가 아니라 글쓰기 과정에서 재현 주체와 재현 대상의 권력 관계를 규명하고, 다른 관계 방식을 모색하는 것이다.

"나는 작가다."라는 식의 자의식에서는 자신에 대해 질문이 나올 수 없다. 특히 이러한 자세는 이른바 진보 진영의 글쓰기에서 두드러지고, 혹세무민의 위험도 크다. 근거 없는 반북(反北)이나 숭미(崇美), 약자에 대한 혐오를 표출하는 글은 그 해악을 판단하기 쉽다. 그러나 "나는 그들을 안다, 혹은 몰랐다.", "그들의 상황은 이렇다."(숭배, 연민, 공감……), "나는 그들로부터 현실을 배웠다."는 식의 글쓰기나 초월적 주체들의 '힐링의 서(書)'는, 나쁜 글로 보이지 않는다. '우월한 자신'을 재생산하는 이러한 글쓰기가 바로 폭력이요, 지배의 재생산이다. 오리엔탈리즘과 여성에 대한 남성의 언설이 가장 광범위하고 역사가 깊은 예다. 자신을 주체(one)로 상정하고, 자신을 중심으로 삼아, 나를 제외한 '나머지들(the others)'로 세계를 규정하는 것이다.

'나쁜' 사람에게 지지 않으려고 쓰려면, 나부터 '나쁜' 사람이어서는 안 된다. 그러므로 글을 쓰는 과정은 나의 세계관, 인간관을 찾아가는 과정이며 나를 검열하는 과정일 수밖에 없다. 이 문제를 감당하지 못하면 글쓰기를 포기할 수밖에 없다. 글쓰기의 정치학과 미학은 이 몸부림 과정의 '자연스러운' 산물이다. 사람마다 행로가 다르기 때문에, 이른바 독특한 글(콘텐츠)이 나올 수밖에 없다. 흔히, 결과보다 과정이라는 말의 의미는 결과에 연연하지 말라는 군자의 비현실적인 말이 아니라, 과정에서 결과가 나온다는 뜻이다. 괴로운 과정에서 '최선의 올바름', 아름다운 문장이 나온다.

에셔의 작품 〈손을 그리는 손(Drawing Hands)〉은 글을 쓰는

'나'(주체)와 쓰인 '너'(대상)의 관계를 질문한다. 어떤 손이 '그리는' 손이고, 어떤 손이 '그려지는' 손인가. 우리가 써야 할 것은 이 모순에 대해서다. 모순만이 미학을 실현할 수 있다. 《밀크맨》으로 2018년 맨부커상을 수상한 북아일랜드의 놀라운 소설가 애나 번스의 말대로, 문이 열리고 내면의 모순이 드러나면 양립할 수 없는 것들이 충돌하기 때문에 정치적으로 올바른 발언을 하기는커녕 나 자신에게조차 말이 되게 설명할 수 없다. 우리에게 적대적인 세상을 이해해야 하는 인생에 대해 '흑인, 페미니스트, 퀴어운동가' 시인 이르사 데일리워드는 이렇게 말했다. "이십 년이 걸리고 간이 망가진다." 나혜석, 이르사 데일리워드, 애나 번스의 글은 정치학과 미학과 윤리가 일치하는 좋은 예다.

2012년부터 격주로 시작해 2013년 3월부터 2017년 9월까지만 5년 이상 매주 〈한겨레〉 토요판에 '성희신의 어떤 메모'라는 이름으로 서평을 연재했다. '종신필자'라는 농담까지 들었고 행복한 시간이었지만, '내가 나를 모른 죄'로 그만두었다. 이후 내가 썼던 글이 인터넷에 돌아다니고 각종 글쓰기 모임에서 필사용으로 쓰인다는 소식을 들었다. 나는 종이책을 좋아하는 활자주의자다. 사람들이 종이로 만든 책을 읽기 바란다. 이것이 이 책을 내놓게 된 가장 직접적인 이유다.

출판사 교양인에 감사드린다. 지난 15년 동안 교양인, 한 출판사하고만 일해 왔다. 그들의 안목에 대한 절대적 신뢰가 가장 큰 이유지만, 나의 우울증으로 인한 무기력과 과욕을 오가는 기분 장애(변덕)의 범퍼가 되어주었다. 죄송하고 감사하다. 편집자는 제2의 저자가 아니다. 모든 책은 편집자와 저자로 불리는 이들의 공동의 혼, 작품이다.

영화 〈패터슨〉에는 이런 대사가 나온다. "시를 번역하는 것은 우비를 입고 샤워를 하는 것과 같다." 여러 의미가 있겠지만, 내겐 나의 '잡념'을 따라잡지 못하는 글솜씨를 정확히 표현한 문장이었다. 글쓰기를 계속하는 것이 뻔뻔함인지 용기인지 언제나 고민거리지만, 그럼에도 이 책은 '정희진의 글쓰기' 시리즈 다섯 권의 첫 책임을 밝혀 둔다. 언제부터인가 삶이 살아내야 하는 큰일이 되었다. 약속을 지키려면 공약(空約)에 그칠지라도 나를 다잡을 필요가 있다. 삶의 의미에 대한 고민을 넘어 살아야 할 의사를 다짐해야 하는 이 시대에는.

2020년 1월, 정희진

# 1장

## 윤리학과 정치학은
## 글쓰기의 핵심이다

# 여기까지

새들은 제 이름을 부르며 운다 _ 김형경

"다시 태어나면 뭐하고 싶어?" "미쳤냐, 또 태어나게!" 버스 안 두 사람의 대화. 다들 살기 힘든가 보다. 그래도 이런 가정이 끊이지 않는 걸 보면, 말로는 '한번뿐인 인생'이라지만 인정하고 싶지 않은 것이다. 사는 게 고달파도 계절 가는 것이 서운한 사람들에게는 죽음을 선택하는 것처럼 보이는 자살은 이해하기 힘든 일이다.

다른 질병과 마찬가지로 자살은 우울증과 뇌 장애(brain disorder)라는 신체적 고통 때문이지만 모든 자살이 그렇지는 않다. 《새들은 제 이름을 부르며 운다》에 그런 죽음이 나온다. 대학 시절 학생운동을 함께했던 젊은이 다섯 명이 7년 만에 다시 만난다. 노동 현장에서 가장 치열하게 활동했던 최민화가 죽었기 때문이다.

그는 여느 자살자와 달리 단정한 필체의 긴 유서를 남긴다.

"나에 관한 이야기, 나의 현재에 관한 이야기를 하려니 무척 어색하구나. …… 내 선택을 패배나 절망이라고 생각하지는 마. 단순한 충동도 아니야. 그저 내 삶이 여기까지라는 거야. 여기까지."(1권, 88, 89쪽)

김형경의 첫 번째 장편 소설인 이 작품은 당시로서는 파격적인 1억 원의 고료로 유명했던 제1회 〈국민일보〉 문학상 수상작(1993년)이다. "1980년대의 고뇌와 좌절을 절제력과 탄력 있는 신선한 문체, 집요한 자의식적 글쓰기로 성취했다."는 절찬을 받았다.

이 소설을 읽은 지 20년이 되었다. 그간 나는 한번도 "내 삶이 여기까지라는 거야. 여기까지." 이 구절을 잊은 적이 없다. 10년은 인상적인 여운으로 남았고, 내 나름대로 인생의 쓴맛을 들이켠 이후로는 작가(당시 33살)가 죽음과 자살에 대해서 잘 안다는 생각이 들었다.

이 작품에서 자살의 이유는 '패배나 절망', '제정신이 아님'이 아니다. 어느 정도 자기 충족적 만족감과 이성적 판단에 따른 '여기까지'라는 인식이다. 나이와 상관없이 삶이 완결되었다는 것이다. 게임 이즈 오버. 끝났다는 의미의 '오버'는 의미심장하다. 넘치는 상태. 할 일도 없고, 해야 할 일도 없는데 계속 살아야 하는 것. 단지 죽지 않은 상태를 유지하는 시간. 넘치는 술잔에서 계속 버려지는 맥주와 비슷하다. 이건 모두 엑스트라의 시간, 왜 하는지 모르는 연장전이다.

죽음뿐 아니라 일이나 재능이나 관계에서 '여기까지'라는 생각이 들 때가 있다. 그런 결정을 내려야만 하는 때가 있다. 슬프지 않다. 최선을 다했고 행복했고 이룰 만큼 이루었고, 잃을 만큼 잃었고 아무것도 추구할 것이 없는, 모든 것이 완벽하게 끝난 시점. 살기 싫은 것이 아니다. 삶이 좋은 의미에서 소진(消+盡)된 것이다. 아프거나 미치지 않은 상태에서 '여기까지'라고 판단할 수 있다.

만일 80대 후반의 말기 암환자가 여러 차례 수술 끝에 자살했다면 비난하는 사람은 드물 것이다. 합리적이라고 생각하는 이들도 꽤 있을 것이다. 이처럼 사람들은 생명을 존중하지 않는다. 자살에 대한 낙인은 젊음에 대한 욕망, 죽음을 향한 공포 때문이다. 객관적으로 하나의 극(劇)이 끝났다. 사는 기간을 국가, 신, 절대자만 판단해야 하는가? 이 소설에서 죽음은 자연스러웠다. 설득력 있다.

의학적으로 자살은 미래가 불행할 것이라는 확신에서 비롯된다. 이런 생각은 교정되어야 할 인지 장애다. 삶과 죽음의 유일한 차이는 행이든 불행이든 앞으로 어떻게 될지 모르는 가능성이다. 그래서 나는 이 구절도 매우 좋아한다. "골목이 꺾이는 곳마다 그대 만나리."(237쪽) 죽음의 반대는 호기심, 우리를 살게 하는 것은 알 수 없다는 불안과 설렘이지 당위로서의 생명이 아니다.

'여기까지'라는 개인의 판단을 존중하자? 이것은 개인의 자유 이슈가 아니라 공동체의 문제다. 생각해본다. 나는 타인에게 삶에 대한 호기심을 불러일으키는 사람인가. 인간에 대한 혐오로 죽고 싶은 마음을 부채질하는 사람인가. 우리 사회는 구성원들이 '어쨌든 살아보자'는 의욕을 일으키는 매력적인 곳인가.

고통을 대신할 수 있는 것은 가능성뿐이다. 생사의 갈등으로 사투를 벌이고 있는 이들에게 제시되어야 할 것은 미지라는 기대가 있는 사회다.

# 싸가지는 정치학이다

싸가지 없는 진보 _ 강준만

싸가지 유무는 개인적 차이지 정치적 입장과 무관하다. 하지만 타인에게 자기 의견을 설득해야 하는 사람에게 싸가지는 중대한 문제다. 정치인과 종교인이 대표적이다. 호감이 중요하다. 사실, 인품과 인간적 매력은 삶의 도구가 아니라 지향이어야 한다. 감정은 체현된 사상(embodied thought)이기 때문에, 이성보다 더 이성적이며 정치적이다. 효과도 훨씬 크다. 싸가지는 그 자체로 정치학이라는 얘기다.

싸가지. 원래 강원, 전남 지역 방언이며 최근에는 '내 사랑 싸가지'처럼 변화가 있지만(1장), 이 표현만큼 책의 내용과 부합하는 단어도 없을 것이다. '싸가지' 의미의 변화 과정은 말이 발산하는 감정과 인식의 상호 작용을 보여준다. 싸가지는 인성, 품성, 태도를 뜻하지만 그 이상의 미세하고 복합적인 어감이 몸 전체로 퍼지는 힘있는 언어다.

강준만은 한국 사회의 콤플렉스, 조지프 콘래드를 빌려 오자면 '암흑의 핵심'에 대해 수백 권의 책을 썼다(진짜 수백 권이다). 그는 생각의 장소성(locality)을 지닌 드문 지식인이며 서구 이론을 적용하는 것이 아니라 '우리 이론'을 만들어 온, 지식 생산 패러다임을 바꾼 탈식민주의자다. 그의 글에 대한 찬반을 떠나 한국 사회를 파악하고 성찰하는 작업에서 그에게 빚지지 않은 이가 얼마나 될까.

《싸가지 없는 진보-진보의 최후 집권 전략》은 현실 정치에 거부감이 큰 20퍼센트의 유권자에게 다가가지 못하는 진보 세력에 대한 문제 제기다. 이 책에서 상정하는 진보의 범주는 2014년 당시 박근혜 정권에 반대하는 이들이다. 부제대로, 정권 교체를 염두에 둔 논리다. 책에 대한 논란은 크게 두 가지. 왜 더 '나쁜' 여당(보수)의 싸가지는 문제 삼지 않는가, 그리고 여야 모두 도덕보다는 정치적 입장이 중요하다는 것이다. 저자는 이를 진보의 '이성 중독증'(91쪽)이라고 정확히 진단한다.

여야 문제가 아니더라도 강자와 약자, 중심과 주변 사이에는 일반적인 법칙이 있다. 집권당에 비해 야당은 자원이 없다. 강자의 자원이 세속적인 것, 이를테면 돈과 미디어, 폭력(공권력)이라면, 약자는 보이는 자원만으로는 승부가 어렵다. 약자의 유일한 자원은 약자라는 위치 자체에서 나오는 도덕과 논리(언어)다.

피아간의 장단점을 아는 것은 싸움의 기본이다. 이를 무시하고 권력자만이 지닐 수 있는 자원을 욕망하면, 그들과 다를 바 없거나 더 못한 집단으로 전락하게 된다. 그렇기 때문에 강자의 부패나 비도덕보다 야당의 경우가 더 비판받는 것은 부당한 일이 '아니다'. 자원의 성격에 따라 사회적 평가가 다르기 때문이다. 어느 누구도 권력과 도덕, 양자를 모두 가질 수는 없다. 진보를 자칭하든 진보로 간주되든, 정치 의식이 인격을 보장하는 것은 아니다. 오히려 "나는 도덕적으로 우월하다, 헌신했다, 옳다."는 독선이 인간성을 망칠 수도 있다.

누가 '진정한' 진보이고 보수인지, 이들 중 누가 더 도덕적인지를 평가하는 것은 불가능하다. 윤리는 각자의 위치와 이슈에 따라 다르게 요구된다. 저자의 인용대로 "우리는 모두 이중개념주의자"이며 "명사수가 되기 위해 이성애자일 필요는 없다."(104, 105쪽) 다만, 타인에게 '옳음'을 설득하려는 이들은 "정치는 참혹한 것과 불쾌한 것 중에서 선택하는 것"(132쪽)이고, 인간은 가치보다는 감정에 더 영향받는다는 사실을 알아야 한다. 이성과 감정의 분리와 위계는 서구 철학의 낡은 산물이다. 감정은 최종 정치학이다.

마지막으로 이 글을 쓴 가장 큰 이유. 이 책에 대한 반론 중 "진보는 대안을, 야당은 정책을" 식의 의견이 습관적 발언이기 때문이다. 이 통념이 과연 맞는 말일까? 나는 '서울 시장 이명박' 시절에 서울시가 발주한 연구 사업에 조교로 일한 적이 있다. 그때 알게 된 것은 우리나라는 일본이나 캐나다 공무원이

하는 일을 정부 돈으로 '교수'나 '박사'가 대신 해주고 있다는 사실이다. 정책 마련은 공무원, 관료, 국회의원이 할 일이고, 공무원은 주어진 일만 하는 '철밥통'이 아니라 활동가여야 한다.

그리고 우리 사회는 왜 그리 진보에게 요구하는 것이 많은가. 사회적 대안 마련은 공동체 모두의 일이다. 대안 없이 나서지 말라? 서민의 일상 자체가 대안의 근거다. 진보는 싸가지만 있어도 충분하다.

# 심서(心書)

## 목민심서 _ 정약용

마음. 표현도 번역도 어려운 우리말이다. 마음은 몸의 부위인데(뇌, 심장, 흉부……), 보이지 않는 의미(영혼, 마음 씀, 정신……)에 주로 사용하기 때문이다. 몸과 마음의 이분 논리가 문제의 근원. 마음 심(心) 자는 사람의 염통 모양을 본뜬 것이지만 실제 마음을 관장하는 기관은 뇌이고, 의미는 가슴(heart, 심장)으로 통용된다. 그러므로 흔히 말하는 "감정이 아닌 이성으로", "머리가 아닌 가슴으로"는 가능하지 않은 일이다.

정약용(1762~1836년)과 다산학을 논할 능력이나 의지는 없다. 다만 나는 예전부터 《목민심서》의 '심서(心書)'의 의미가 궁금했다. '심서'는 정약용이 스스로 평한 3대 저작 《경세유표(經世遺表)》, 《흠흠신서(欽欽新書)》처럼 일반적인 책 이름에 어울리는 글자가 아니다. 머리말(自序)에 다산이 밝힌 심서의 이유. "이 책은 본디 나의 덕을 쌓기 위한 것이지 꼭 목민하기 위해서

만은 아니다. …… 목민할 마음만 있지 실행할 수 없기 때문에 이렇게 이름한 것이다."(5쪽) 본인의 덕 함양과 유배 상황이 심서의 실질적 사연이라지만 이는 겸손이고, 책 내용이나 그의 생애를 볼 때 이 책은 사랑의 책이다. 마음을 쓴, 마음을 다한, 마음이 담긴 몸으로서의 책. 그래서 심서다.

내가 갖고 있는 《목민심서》는 1972년 현암사에서 나온 것인데 책의 품새가 놀랍다. 표지는 조각가 린 채드윅의 작품. 425쪽에 이르는 예민하고 알찬 번역과 해설에다 세로쓰기지만 지면의 3분의 2만 사용하여 눈이 편하다. 구성, 내용, 편집, 디자인 모두 요즘 책 이상이다. 사랑스러운 책이다.

알려진 대로 《목민심서》는 관리의 덕목을 주장한다. 부임에서부터 율기(律己, "먼저 그 마음의 자세를"), 봉공(奉公), 애민(愛民), 이호예병형공전(吏戶禮兵刑工典), 진황(賑荒, 재해 구호 정책), 해관(解官, "목민, 그 영광의 결실")까지 열두 편을 부임육조(赴任六條) 식으로 분류하여 각각 여섯 항목씩 모두 72조로 구성되어 있다. "서류 작성은 정신을 가다듬고 생각하여 손수 작성, 부하 직원을 시키지 말라."(113쪽), "돈으로 병역을 면제하는 폐단의 적나라함"(265쪽), "백성이 유임을 청할 때 어찌할 것인가."(395쪽). 이 시대에도 논쟁적인 구절이 절절하다.

한국 현대사에서 《목민심서》와 가장 충돌하는 대통령은 누구일까. 나는 전두환 전 대통령'보다' 이명박, 박근혜라고 생각한다. 이 두 사람은 독특하다. 박정희에서 노무현에 이르기까지

역대 대통령들은 공과와 집권 과정이 어떠했든 간에 '국가 비전'을 선포했고 국민들과 격렬한 상호 작용을 주고받았다. 학살도, 탄압도, 민생고도 흔했지만 애증과 갈등이 있었다. 국민들 역시 호오가 분명했다.

그런데 이 두 정권은 '쿨'하다. 이론적으로 신자유주의 체제, '억압에서 방치로 통치 방식의 변화'라고 진단할 수도 있겠지만 딱히 그런 것만도 아니다. 두 대통령의 직무 수행 스타일은 그 흔한 대의는커녕 직업 정신과도 거리가 멀다. 마치 "이런 것도 한번 해보자."는 식의 개인적 자아 실현, '코스프레'에 가깝다. 대통령 역할을 하는 것이 아니라 역할 놀이를 하는 것 같다. 국민으로 인한 충격이나 상처가 없고, 여론도 아우성이든 통곡이든 아랑곳하지 않는다. 실익 없는 잦은 외유가 그 결정(結晶)이다.

마음이 없는 리더. 그런 리더를 선택하는 사회. 두렵고 심각한 현상이다. 새로운 시대의 징조일지도 모른다. 이미 극소수는 양극화를 넘어 다른 공간에 산다. 그들의 대통령에겐 심서가 필요없다.

대개 관료나 정치인들에게 《목민심서》를 권하는데 그 의미가 바뀌었으면 한다. 마음을 갖추라는 것이다. 마음이 없다? 문자 그대로 말하면 물리적으로는 심장이 없는 죽은 사람이요, 기능상으로 뇌(생각)가 없는 사람이다. 마음이 없으면 죽은 것이다. 없는 것이나 마찬가지인 불필요한 사람이다.

마음이 강하고 큰 사람은 울림이 있다. 심장 박동이 자기 몸을 넘어 세상에 들린다. 마음이 크기까지는 바라지 않는다. 마음이 있다면 보여주었으면 한다. 마음은 실천을 통해서만 감각할 수 있는 물질이다. 마음이 없는 사람과 마주할 남은 시간, 심란하다.

# 미디어는 몸의 확장이다

미디어의 이해 _ 마셜 매클루언

영어 단어 무기(arms)의 어원은 팔이다. 팔을 뻗을 수 있는 거리까지가 자기 방어의 범위다. 그 길이는 곧 타인과의 거리가 된다. 남성들의 멀리 오줌 싸기 경쟁도 비슷한 원리다. 이처럼 몸의 확장은 영역 표시, 즉 힘을 의미한다. 사정(射程/射精)거리가 딱 그 말이다.

마셜 매클루언의 걸작 《미디어의 이해(Understanding Media: The Extensions of Man)》를 요약하면 다음과 같다. 과소평가된 고전, 부제가 책 내용을 정확히 지시하는 책, 인간과 도구에 관한 심원한 분석. 미디어란 무엇인가? 몸의 확장이다. 우리말 번역은 '인간의 확장'으로 되어 있다. 지금 구입한다면 테런스 고든이 편집한 김상호 교수의 번역(커뮤니케이션북스, 2011년)을 권한다.

이 책에서 가장 유명하지만 가장 오용되는 말이 "미디어는 메시지다."이다. 미디어는 형식이고 메시지는 내용이라는 깊은 착각. 나는 대부분의 강의에서 이 말을 인용하는데, 대개 미디어를 전달 도구에 불과하다고 생각한다. 생각과 전달 방법이 분리되었다는 인식은 인간이 자기 몸 외부의 사물을 통제 수단, 즉 리모컨으로 사고하기 때문이다. 주체와 대상의 이분법, 서구 문화의 오랜 산물이다.

오늘날 미디어 권력이 일상을 지배하는 이유는 미디어가 전달자가 아니라 그 자체로 메시지이며, 몸의 확장이기 때문이다. 스마트폰 중독은 그것이 내 몸의 일부여서다. 기억은 뇌가 아니라 컴퓨터 파일에 있다. 여기저기에 집, 카페, 방이 있다. 유선 전화, 휴대 전화, 문자, 전자 우편, 손편지 등등 매체에 따라 전달 내용이 제한되거나 달라진다.

현대인의 고독을 이야기할 때 미디어를 빠뜨릴 수 없는 이유는 외로움이 몸의 확장과 관련 있기 때문이다. 미디어가 발달할수록, 즉 몸이 확장될수록 타인과 친밀해지는 대신 나는 누구인지 모르게 된다. 몸이 비대해졌기 때문이다. 데이비드 리스먼의 《고독한 군중》의 '타인 지향성'부터, 스테판 G. 메스트로비치의 《탈감정사회》의 '유사 감정'까지 모두 미디어 분석에 기초한 개념이다.

문제는 인간이 자신이 확장한 것(만든 것)에 사로잡히게 된 현실이다.(82쪽) 나는 인터넷을 잘 사용하지 않지만 '연구'를 위해 처음으로 트위터에 들어갔다. 상대에게 알리지 않고 남의 집을 방문하는 것 같은 이상한 경험이었다. 최근 우연히 어떤 집단의 중대한 의사 결정 과정에 개입하게 되었는데, 협상 결과를 트위터에 거짓으로 올리는 파워 유저가 문제였다. 모든 구성원이 "그놈의 트위터를 박살내야", "손가락을 잘라야"라며 고통을 호소하는 것을 지켜봤다.

매체의 역기능과 순기능을 논하는 것처럼 무능한 일도 없다. 지금 한국 사회에서 트위터라는 매체가 작동하는 현실에 대한 분석이 필요하다. 매체가 많아지면서 개인에 따라서는 스스로 〈KBS〉, 〈조선일보〉가 되어 사정거리를 시합한다. 이것은 신자유주의 시대의 인간관과 일치한다. '1인 1표'가 실제로 존재한 적은 없다. 그러나 문제는 몇 년간에 걸친 수백 명의 투쟁이 팔로어, 1만 명을 거느린 한 사람의 손가락으로 조작 가능해진 기술이다. 거대한 몸(미디어)이 타인의 노력과 진실을 간단히 앗아가고 있다.

게다가 트위터는 '유명 인사 되기 질병', 일명 셀프 메이드 '셀럽(celebrity)'들로 넘쳐났다. 컴맹의 뒤늦은 개탄이겠지만, 특히 두 가지가 놀라웠다. 개인 간에나 오고갈 내용을 게시하고, 유명인과 친한 사이임을 선전하거나 경쟁자를 향한 어휘들이 지나쳤다. 셀럽이 되기 위해 수단을 가리지 않을 때 공동체는 붕괴한다. 윤리, 아니 체면을 벗은 외설성을 어떻게 표현해야 할까. 또 하나는 영화평론가 김혜리의 지적대로, 남이 힘들게 쓴 책과 평론에 대해 "단 한 글자(빠, 까, 혐……)로 더 큰 권력을 휘두르며 커뮤니케이션의 마침표는 내가 찍는다는 쾌감"
에 중독된 이들이었다.

공론장? 매체가 많아지고 간편해질수록, 사용자가 많아지고
중독될수록 소통은 불가능에 가까워진다. 애인에게 보낼 문자
를 배우자에게 보내는 실수는 고유한 개인, 즉 수신자가 얼마
든지 대체 가능한 물체가 되고 있음을 보여준다. 이것이 단지
IT 강국의 부작용일까. 몸의 확장으로 지구는 더욱 좁아졌다.

# 방황

## 대통령과 종교 _ 백중현

개신교, 불교, 천주교에서 발표한 신자 숫자를 합치면 총인구보다 많다. 한국에 드라큘라가 없는 이유는 밤하늘을 붉히는 십자가 때문이다. 택시 기사가 기피하는 승객은 만취한 사람과 빨간 책(성경)을 든 사람이란다. 그래도 한반도는 최소한 종교를 명분으로 한 내전은 없는 평화로운 사회다.

한국에서 기독교 근본주의가 가능할까? 원래 근본주의는 성경을 문자 그대로 해석하고 성(聖)과 속(俗)을 명확히 구분하는, 종교 자체에 충실하자는 주장이다. 하지만 실제 근본주의는 매우 정치적이다. 최근 가장 우려스러운 기독교 근본주의 경향은 "동성애 반대는 당연한 인권"이라는 집요한 시위 세력, 한국기독교총연합회를 비롯한 이들이다.

《대통령과 종교》의 내용은 부제와 같다. '종교는 어떻게 권력이 되었는가'. 저자 백중현의 전문성이 돋보이는 편향 없는 충실한 보고서다. 구한말부터 이승만 정권을 거쳐 박근혜 정권에 이르기까지 "권력을 통해 성장한 종교와 종교를 통해 성장한 권력"의 정교(政敎)를 다룬다. 다만, 유신 정권이 기독교와 합작해 여호와의 증인을 이단으로 몰아 그들의 병역/집총 거부를 가혹하게 탄압한 부분이 빠진 점은 아쉽다.

건국과 민주화, 교육, 복지 영역까지 기독교의 역할은 절대적이었다. 그들의 성장, 아니 비대함이 친미-산업화-반공의 최전선에서 벌어졌다는 사실을 모르는 이는 드물다. "새벽종이 울렸네 새 아침이 밝았네." 새마을운동 노래의 첫 구절은 기독교의 새벽 기도와 닮아 있다.(91쪽)

이 책에는 새삼 놀라운 일로 가득하다. 17대 대선에서 이명박 후보는 호남에서 20퍼센트에 육박하는 지지율을 얻었다.(246쪽) 장로님이 지역 차별 현실을 이긴 것이다. 이 땅에서 종교의 역할은 국가보안법과 비슷하다. 종교(宗敎)는 글자 그대로 '으뜸 가르침'. 그 가르침에 대해 생각하고 생각하고 또 생각하는 것이 신앙 생활이다. 그러나 권력의 화신이 된 일부 대형교회 현상은 사유를 금지한다.

1958년 가족 다섯 명이 모여 가정 교회로 시작한 여의도순복음 교회는 1970년대 10년 동안 16배의 성장률을 기록했다. 2010년 기준 재적 교인은 78만 명.(92쪽) 나는 세계 최대 교회에 감격하거나 비판을 가하기 이전에, 지역 공동체로서 교회의 적절한 신자 수는 몇 명인가 묻고 싶다. 이 교회는 기이하다. 세계사에 남을 것이다. 하이브리드 희비극의 결정판, 전두환 정권의 '국풍 81'. 학살로 집권한 이들의 콤플렉스는 정감록, 토정비결, 증산 사상을 민족 문화로 승격시켰으나 연인원 천만 명 참석에도 불구하고 '민족 문화 창달'보다는 대중 가수 이용의 탄생을 최대 성과로 남기고 1회로 끝났다.(127쪽)

이 글을 쓰게 된 이유는 책을 읽다가 '노무현'과 만났기 때문이다. 나는 정치적 약자(야권)의 '자발적 무지', 강자의 정체성 정치(지역주의)와 약자의 그것을 구분하지 못한 결과인 민주당 분당 사건을 절대로 잊을 수 없다. 그러나 노무현 같은 인물은 다시 나오기 힘들 것이다. 그의 캐릭터는 우리 사회의 가능성이었다. 노무현의 당선은 일본의 진보 세력에게도 충격이었다. 그들은 "한국은 미래가 있는 나라"라며 부러워했다. 연줄 없는 고졸 대통령. 일본은 지방의원부터 국회의원, 총리까지 몇몇 가문이 독점하는 철저한 세습 사회다. 그들은 아버지로부터 자금, 지명도, 후원회를 고스란히 물려받는다.

우리집 식구는 모두 천주교 신자고 나는 유아 세례까지 받았지만 모태 냉담자다. 분위기를 봐서 무교와 가톨릭 사이를 적당히 왕래하는, 좋은 게 좋은 기회주의자다. 나는 아래 구절에서 더는 페이지를 넘기지 못하고 말았다.

"노무현은 세례받은 천주교인이었지만 종교에 열성적이지는 않았다. 2002년 대선 후보 시절 김수환 추기경을 만났을 때, 1986년 부산에서 송기인 신부로부터 '유스토'라는 세례명을 얻었지만 성당에 자주 못 나가서 종교란에 무교라고 쓴다고 솔직히 고백했다. 김수환 추기경이 '하느님을 믿느냐' 물었고, '희미하게 믿는다'고 답했다. 추기경이 확실하게 믿느냐고 새차 묻자 노무현은 잠시 고개를 떨구며 이렇게 말했다. '앞으로는 프로필 종교란에 '방황'이라고 쓰겠습니다.'"(211쪽)

# 맞아 죽은 개의 가죽으로 만든 양탄자

내 무덤, 푸르고 _ 최승자

영화 〈올 더 킹즈 맨〉에서 가난한 이를 대변하는 재정관 윌리 스탁(숀 펜 분)의 연설. "우리는 부자에게 먹을 것을 요구하지 않습니다. 우리는 그들이 가진 것을 넘보지 않습니다. 다만 그들이 먹다 남은 음식을 쓰레기통이 아니라 우리에게 던져주기를 바랍니다. 제 주장이 과격합니까?" 그는 공정 분배가 아니라 부스러기를 달라고 외친다. 조지 클루니 주연의 〈마이클 클레이튼〉도 나를 울컥하게 했다. 알코올과 도박에 찌든 루저 변호사가 '갑'을 배신하고 정의를 실현한다. 이유는 갑들의 오버 때문이다. "나 같은 놈한테는 돈 몇 푼이면 통하는데 굳이 죽이려고 해?" 매수만 해도 충분히 넘어갈 사람을 없애려는 시스템에 그는 분노한다.

영화 〈베테랑〉에는 내가 예전부터 고민하던 질문이 나온다. 형사(황정민 분)가 악당에게 묻는다. "그냥 '미안하다' 한마디면

될 것을 왜 일을 그렇게 크게 벌여?" 그도 나처럼 궁금했던 모양이다. 나는 이 대사가 당대 한국의 사회 관계를 요약한다고 생각한다. 언제 어디서나 모욕이 일상인 사회다. 약자는 세상살이가 그런가보다 체념하거나 저항하지만 바로 이차 가격이 기다리고 있다. 그러니까 '갑'은 어떤 패악을 저지르더라도 "미안합니다." 한마디면 '잘 교육받은 지도층'이다.

〈베테랑〉에 묘사된 일부(?) 재벌의 일상은 나를 놀라게 했다. 정말 저렇게 살까? 물정 모르는 나의 반복되는 질문은 이것이다. 그 정도까지 안 해도 될 것 같은데 왜 자기한테도 불리한 오버를 할까. 급기야 재벌 2세 조태오(유아인 분)가 골프채로 애견을 죽이는 장면부터는 영화에 집중하지 못했다. 얼마 전 신문 인터뷰를 통해 만났던 시인 최승자가 생각나서 훌쩍거리다 극장을 나왔다.

그의 1993년 시집 《내 무덤, 푸르고》에 수록된 〈세기말〉은 "칠십년대는 공포였고 / 팔십년대는 치욕이었다"로 시작한다.(36쪽) 이어지는 "나를 개 패듯 패줄 / 친구가 하나 있었으면 좋겠다 / 오 맞아 죽은 개가 되고 싶다 / 맞아 죽은 개의 가죽으로 만든 양탄자가 되고 싶다". 아, 그 영화에서 재벌의 개는 양탄자를 만들 만큼 크고 비싸 보였다.

최승자의 언어는 '악'을 압도한다. 그렇게 그는 자기 밖과 융합되어 있다. 시인이 어떤 태도로 세계와 대면하는가가 언어의 깊이를 정한다. 그는 작은 몸으로 고통을 돌보고 있었다. 이것이 우울증이다. 질병으로서 우울증이라기보다 윤리로서 우울.
인간은 세상과 대전(帶電)할수록 더 아프다.

〈베테랑〉의 재벌은 비서들이 공포에 떨 정도로 필요 이상의
모욕과 폭력을 사용한다. 우리는 왜 우울하고 자칭 타칭 '치유
자'를 갈망하는가. 조태오 같은 일반인도 많기 때문이다. 알바
비 몇천 원을 떼어먹고, 1백 억 재산가가 세금 몇만 원을 안 낸
다. 때리기만 해도 '되는데' 인분을 먹인다.

조태오는 샘플일 뿐 심각한 경우가 아니다. 인간의 끝없는
욕망? 안하무인? 나는 그렇게 생각하지 않는다. 이들은 한 가
지에 몰두한다. 내가 만든 조어로 표현한다면 안하일목(眼下一
目) 상태다. 권력, 돈, 사람, 셀럽(유명 인사), 자녀 교육……. 도
박과 마약일 수도 있다. 이들에겐 한 가지만 중요하다. 그것이
나다. 세상의 기능은 자기 목적을 위해 동원되는 경지. 남의 생
명과 상처는 귀찮을 지경이다. 시야는 미간의 폭보다 좁아져 점
이 되었다. 이것이 지금 시대의 '나' 개념이다. 주체가 대상을 억
압한다? 주체와 대상의 상호 작용? 시인은 알았다. 그런 시대
는 이미 지났음을. 사람의 욕망이 사람을 먹어치우고 있다.

삶은 본질적으로 비극이다. 이 사실처럼 우리가 자주 잊는
현실도 없다. 기억하기엔 너무 벅찬 숨소리인가. 슬픔과 우울은
소비의 적이다. 삶의 비극성에 대한 망각과 무관심이 우리를 자
본주의를 향한 환호로 이끈다.

세계는 죽음이지만 죽음이라고 말할 필요는 없다. 그래서 예

술이 있고 시인은 그것을 환기한다. "맞아 죽은 개의 가죽으로 만든 양탄자"가 된 시인. 다음 구절은 "그리하여 이십일세기 동안 / 당신들의 발밑에 밟히며 넝마가 되어가고 싶다(사뿐히 즈려 밟고 가시옵소서)". 양탄자가 넝마가 되면 또 만들어야 할까.

# 근대의 상징, 광개토왕비

만들어진 고대 _ 이성시

똑똑하다고 소문난 친구 몇몇이 진지한 자세로 말했다. "이름난 학자 부부가 있는데 이들이야말로 공부할 운명을 타고난 성골이고, 그 이유는 '학벌'에다가 남편의 조상이 조선 시대 유학자 ○○○라는 것"이다. 너무 웃겨서 나도 장난을 쳤다. "난 송강(松江)의 14대 직손이야."(아버지의 평생 신앙)

임란 이후 호적의 조작, 매매. 아니, 거기까지 갈 것도 없다. 신분 질서를 파기한 일제의 호적 개혁은 근대화의 최고 '치적'이 아니었던가. 우리는 국정 교과서 시절의 국사조차 자주 잊는다. 단군이 신화가 아니라면, 고구려와 고려 시대에서부터 내 부모의 부모의 부모⋯⋯를 찾을 수 있겠지만 아직 그런 이들은 못 봤다. 당시 '우리나라'는 있을 수 없었다. 고대사 서술에서 국가는 지금 같은 사회가 아니기 때문이다.(9쪽)

국정 교과서 논쟁은 근대 국가 건설 방식을 둘러싼 (좌우) 정

45

치 세력 간의 방법 차이라고 볼 수 있다. 양측 모두, '우리나라'는 서구와 달리 아직 국가가 완성되지 못했다는 식민주의적 발상에서 자유롭지 못하다. 슬라보예 지젝의 지적이 아니라도, 인류 역사를 통틀어 국가가 실현된 시공간은 단 한번도 없었지만 우리는 여전히 열망한다. 좋은 국가, 올바른 국사, 강하고 선한 지도자를.

재일 한국인 2세 이성시의 《만들어진 고대》는 고대 국가의 존재가 실체가 아니라 동아시아 각국의 근대를 향한 욕망의 산물임을 파헤친 역작이다. '이런 책이 많아야 한다'는 모델이 될 만한 지적이고 흥미진진한 책이다. 국가주의에 반대하는 이들도 축구 경기 앞에서는 애국심으로 이성을 잃듯, 현대인의 '나는 훌륭한 조상의 후예'라는 자기 조작을 탈식민주의자의 버전으로 보여준다.

우리가 알고 있는 고대사가 근대 국가의 정당성을 공고히 하기 위해 발명(invention)된 것이라는 이 책의 주장은 베네딕트 앤더슨이나 에릭 홉스봄의 논의로서는 익숙하지만, 막상 '우리'의 광개토왕비나 발해사의 문제로 들어가면 비서구 사회가 얼마나 서구를 거울삼아 자신을 들여다보고 있는지 알 수 있다.

나도 자랑스러운 6.39미터 크기에 30톤에 달하는 광개토왕비는 지금도 고구려의 수도였던 중국 지린성 지안시에 우뚝 서 있다. 우리가 열광하는 이 거대한 비석은 414년, 고구려 장수왕이 아버지 광개토왕의 업적을 기리기 위해 건립한 것이며 1,775

자가 새겨진 고구려 문화의 절정이다. 그중 아래 32자가 논쟁의 핵심이다. 남북한, 일본, 중국의 해석이 모두 다르기 때문이다.

百殘新羅舊是屬民, 由來朝貢, 而倭以辛卯年來渡□, 破百殘□□新羅以爲臣民, 백잔(백제)과 신라는 본디 속민이었으므로 조공을 했다. 하지만 왜는 신묘년(391년)에 바다를 건너 백잔, □□(임나), 신라를 쳐부수고 신민으로 삼았다. 물론 이는 일본이 4세기 말부터 한반도 남부를 예속시켰다는, 19세기 일본의 주장이다. 아버지의 공적을 찬양하는 기념비에 왜의 활약을 적을 리 없다는 의혹이 나왔고 정인보, 북한의 김석형, 박시형이 반박했다. 그들의 해석은 "왜가 신묘년에 고구려에 왔으므로 고구려는 바다를 건너 왜를 쳐부쉈다. 백잔이 왜를 불러들여 신라를 침략했고, 신민으로 삼았다."이다. 일본의 탁본 조작설도 유명하다. 광개토왕비문은 역사는 해석의 경합임을 보여주는 좋은 예이다.(제1부)

요지는 역사가 아니라 기록자다. 자기 체험은 문헌학자의 절대 전제다. 국정(國定)이 문제인 것은 사실 왜곡과 미화 때문이기도 하지만, 역사는 기록하는 사람의 입장이기 때문이다. 다양한 분야의 문헌학자가 많아야 하고 그들의 논의가 범람할 수 있도록 사회적 여건이 성숙해야 한다. 그 과정에서 국사가 붕괴되더라도(가장 바람직하다) 그렇게 만들어진 교과서라면 찬성이다.

통치 세력의 입장에서 역사의 주요 목적은 국민 의식 육성(국가 만들기)이다. 그런데 다행스럽게도, 국정 교과서를 반대하는 시민의 목소리는 이미 그 과정에서 '육성'에 실패하고 있음을 보여준다. "만들어라, 우리는 안 믿는다."까지는 아니더라도 영화 〈암살〉의 대사처럼 우리는 계속 싸우고 있다는 것을 알려줘야 한다.

# 정치적 올바름

지젝이 만난 레닌 _
슬라보예 지젝 · 블라디미르 일리치 레닌

1995년 〈한겨레〉에 일본 정부의 '여성을 위한 아시아 평화 국민기금' 광고가 실렸을 때 논란은 지금도 생생하다. 당시 여성운동은 군 위안부 관련해 국민기금 반대운동이 한창이었기 때문이다. 공공기관이 매체에 '정권 광고'를 게재할 때, 신문사의 기존 입장과 상충하는 내용일 때는 논쟁이 있을 수밖에 없다. 광고와 기사는 별개라는 입장도 있고, 신문사를 비난하는 여론도 만만치 않았다.

정치적 올바름(political correctness)이라는 용어가 있다. 한국 사회에서 이 말은 도덕적 올바름, 정치적 정당성, 심지어 정치적 순결성으로 번역되어 왔다. 줄여서 'PC(피시)'라고 부르는데, 영어권에서는 냉소적인 어감이 강한 말이다.

원래 이 용어는 레닌이 러시아 혁명에 성공한 후 사용했다. 혁명의 영광도 잠시, 곧바로 시작된 내전과 외국의 군사 개입으로 인해 인민들의 궁핍이 극에 달하자 레닌은 자본주의 정책을 도입한다. 이럴 때 꼭 반발하는 이들이 있기 마련. 레닌은 1920년 《공산주의의 좌익소아병(左翼小兒病)》이라는 유명한 글에서 극좌파의 비현실주의('순수 정치')를 비판한다.

이후 1960년대 미국의 시민권 운동에서 '실천의 다짐'으로 사용되었다가, 1980년대 레이거노믹스에 좌절한 리버럴리스트들이 이 말을 자조적 의미로 쓰기 시작했다. 정치적 올바름은 근본적으로 불가능하다는 깨달음과 더불어 군사, 경제, 문화(람보!) 등등 전 영역에 걸친 레이건의 보수 정책에 지친 그들은 "넌 아직도 피시냐."며 순진한(naive) 동료를 놀리는 용어가 되었다. 한국 사회에서는 1980년대부터 쓰이기 시작하여 비판, 자부, 주장, 냉소가 뒤섞여 통용되는 듯하다.

'진보' 신문의 국정 교과서 광고 게재를 어떻게 생각하냐는 친구의 질문에, 나도 모르게 열변을 토했다. 나와 생각이 다른 이들에게 《지젝이 만난 레닌-레닌에게서 무엇을 배울 것인가?》를 읽어주고 싶다. 영어 원제(Revolution At The Gates)가 기가 막히다. 레닌 입문서로도 안성맞춤이다. 책 표지 문구는 왜 혁명이 인간의 영원한 신앙인지를 멋지게 표현하고 있다. "레닌을 반복한다는 것은 회귀가 아니라 그 안에 구현할 유토피아적 불꽃이 있다는 것을, 그가 하지 못한 일을, 그가 놓친 기회를 반복한다는 뜻이다." 6백 쪽에 가까운데 문장마다 가슴이 뛴다. 특히 내가 좋아하는 말, 구속적(救贖的) 폭력!

'정치적 올바름'은 우호적인 번역이고 원뜻은 정치적 극단주의, 과잉 근본주의를 의미한다.(477쪽) 여기서 'PC'는 흑인을 '아프리칸 아메리칸'으로 부르자는 의미가 아니다. 사회는 서로 충돌하는 가치로 구성되어 있다. 따라서 어떤 올바름은, 필연적으로 다른 입장에서는 그렇지 않다는 뜻이다. 보편적이고 일률적인 올바름은 없다. 'PC'는 불가능한 개념이자 문제를 한 가지 원인으로 축소하는 환원주의의 산물이다. 책에 따르면, 환원론은 실천 없는 이들의 무의식적 위치 이동이다. 어차피 안 될 일, '올바르게 보이는' 주장이나 해보자는 것이다.

국정 교과서 광고는 일종의 '부의 재분배'다. '조중동'이든 '한겨레'든 신문사는 기본적으로 자본주의 사회의 기업이다. 또한 이들 제도권 신문의 기조는 중산층과 규범과 상식에서 크게 벗어나지 않는다. 광고와 기사는 일치해야 한다? 그렇다면, 기사는 다 올바른가. 광고가 문제라면 나는 모든 기사를 내 올바름을 잣대로 비판할 수 있다. 단지, 내 기준은 기존의 정치적 전선이 너무 세서 무시되는 것뿐이다.

레닌은 자기 결벽증을 과시하기보다는 인민을 사랑한 최고의 협상가였다. 진정 깨끗한 이들은 있지도 않은 'PC'를 주장하기보다 '더러운' 선(線) 직전까지 갔다가 목표물을 성취하고 조용히 복귀한다. 자기만 올바름을 추구한다고 생각하기 때문에 정(正)을 두고 정치가 숨을 막는다. 우리가 지향해야 할 것은 최대의 선이 아니라 최소의 잘못이다.

# 촉감 없는 사회

생명권 정치학 _ 제러미 리프킨

생활의 반려자가 인간에서 동물로 확대되면서 동물권과 인권의 관계에 대해 생각하지 않을 수 없는 시대다. 기아로 죽어 가는 인간이 있는가 하면, 활발한 문명 활동으로 동물을 멸종시키는 인간이 있다. 어쨌거나 문제는 인간이다. 동물을 학대하는 사람이 인권 의식이 있을 리 없고, 그 반대도 마찬가지다. 연쇄 살인범에 관한 연구를 보면 그들의 첫 번째 피해자는 대개 키우던 동물이나 가족(여성)이다.

《생명권 정치학(Biosphere Politics)》은 '소유, 노동, 육식의 종말' 시리즈로 유명한 '경제학자' 제러미 리프킨 사상의 출발점이다. 그는 철학, 사회학, 문학, 경제학에 두루 능하지만 '경제학자'에 작은 따옴표를 쓴 것은 "이것이 진짜 경제학이다."라는 인식이 확산되길 바라기 때문이다. 한국 사회는 자본주의의 성장을 경제 그 자체라고 생각한다. 사람과 환경을 죽이고 경제를 살리겠다는 이들이 무서운 이유다. 경제를 재개념화한다면 녹색당이야말로 경제를 살리는 당이다.

이 책의 원제는 주제를 함축하고 있어서 중요하지만 번역하기 어려웠을 것 같다. '바이오(bio)'는 적절한 우리말을 찾기 어려운 단어인데, '생(生)'도 이상하고 '생명'도 어색하다. 다행히(?) 핵심은 '권(sphere)'에 있다. 권(圈). 범위, 분야, 행성이라는 뜻이다. 여성주의에서 공사 영역의 성별화, 공적 영역과 사적 영역의 이분법을 비판할 때 사용하는 그 '영역'이다. 권역, 대기권, 오존층(ozono/sphere) 같은 단어에서도 어감을 짐작할 수 있다.

요약하면, 모든 존재의 문제를 '권리'로 접근하지 말고 존재들 간의 상호 연결이라는 의미의 '권(圈)'으로 해석하자는 것이다. 리처드 로빈스의 《세계문제와 자본주의 문화》와 함께 인문학 입문서로서 최적이다. 깊은 사유는 저절로 넓고도 쉬운 이야기가 되는 법. 두 책은 그 모범을 보여준다.

생명권(生命圈)은 경계 없는 구체(球体)의 사고다. 근대에 이르러 인간은 자신을 객관화하고 상대화하는 능력을 거의 상실했다. 사람마다 생각이 다르겠지만, 이 행성에서 인간은 개체수나 생명과 생태의 질 문제에서 가장 보잘것없고 끔찍한 존재다. 다행스러운 점은 인간은 잠시 지구에 살고 있을 뿐, 어떤 것도 소유할 수 없다는 사실이다.

환경운동 구호 중에 "미래의 아이들을 위해 원전에 반대한다.", "인간은 후대로부터 지구를 잠시 빌린 것이니 지구를 완

전히 부숴버리지는 말자('지속 가능한 발전'으로 오역됨)."는 논리
는 틀렸다. 다음 세대를 위해서가 아니고 현재 나를 위해 원전
에 반대해야 한다. 이 구호는 여전히 인간이 지구를 관리하고
있다는 발상에서 나온 오만이다. 지구가 인간의 것이 아닌데 누
가 누구에게 지구를 '물려주고 말고' 한단 말인가.

우리나라 청소년의 장래 희망 2위가 건물 임대인이라고 한다.
임대인이 파는 것은 노동이 아니라 시간이다. 중세인들은 지주나
고리대금업자가 부도덕한 직업인 이유를 자기 것이 아닌 하느님
에게 속한 시간을 파는 횡령꾼이기 때문이라고 여겼다.(45쪽) 지
금은 다르다. 이후 인간은 착취를 정당화하기 위해 시간과 공간
개념을 새로 만들었다(이런 지식이 요즘 유행하는 '인문학'이다).

우리는 "소가 사람을 잡아먹는 사회에 살고 있다. 사람의 식
량인 옥수수와 콩은 수출용 쇠고기가 먹고, 가난한 지역 사람
들은 굶어 죽는다."(87쪽~) 알파고는 인공도 아니고 지능도 아
니다. 인간이 만든 비대한 인간일 뿐이다(초대형 컴퓨터 2천 대!).
이세돌 9단 앞에 앉아 있던 이는 알파고가 아니라 구글 딥마
인드 개발자 아자 황이라는 사람이다. 그가 왜 앉아 있겠는가.
"촉감 없는 사회"(328쪽~)를 보라.

이 책에도 오류는 있다. "지구적 사유와 지역적 실천"(418쪽)
은 지배자의 언어다. 지구와 지역은 따로 존재하지 않는다. 모
든 곳이 지역이다. 지구와 지역의 구분은 기존의 '전체'와 '부
분', 그 위계의 반복이다.

# 나는 왜 정치를 하는가

숨통이 트인다 _ 장서연 외

'저 사람은 지금 자기가 무슨 일을 하는지 알까'가 궁금한 이들이 있다. 자기는 잘났거나 억울한데 남이 보기엔 '사회악', '걸어 다니는 재앙'인 사람들을 자주 본다. 자신이 무슨 일을 왜 하는지 매 순간 생각을 놓치지 않는 것, 쉽지는 않다. 하지만 이런 자세가 직업 자체여야 하는 사람들이 있다. 정치인, 종교인, 지식인은 성찰이 업무이다. 따라서 이들의 생각하지 않음은 죄악이다.

예전에 현대사 관련 글을 쓰기 위해 출마를 앞둔 정치인의 출판 기념회용 자서전을 읽은 적이 있다. '구술, 정리'라고 표기한 책은 훌륭하다. 대필인데, 자서전이란다. 내용은 과장, 겸손, 자기 자랑 뒤범벅에, 나라와 국민에 대한 사랑으로 가득 차 있다. 정작 나의 의문은 아무리 읽어도 그들이 왜 정치를 하고 싶은지 알 길이 없다는 점이었다.

《숨통이 트인다-녹색 당신의 한 수》는 녹색당 활동가 11명이 "나는 왜 정치를 하는가"(뒤표지 문구)를 쓴 책이다. 이 책의 장점은 두 가지다. 일단 글쓰기의 기본 목적을 달성했다. 정치 참여 이유가 솔직하고, 분명하며, 구체적이다. 둘째, 내가 아는 한 지금 출판된 책 중에서 이만한 대한민국 현장 보고서가 없다. 실천하는 전문가들이기에 가능한 일이다. '현실에 대한 나의 생각'은 필자의 태도와 능력을 가늠할 수 있는 좋은 글쓰기 주제다. 무례와 곡해와 요약의 폭력성을 무릅쓰고, 이들이 정치를 하는 이유를 옮겨본다. (여기 발췌한 내용이 이들 글의 전부가 아니라는 점을 거듭 강조하고 싶다.)

"실제 전기는 오히려 남아도는데 핵 발전소와 석탄 화력 발전소를 계속 짓고 있어서."(황윤), "야생 동물이 도로에서 차에 치여 죽는 로드킬은 도로 밀도가 지나치게 높은 사회이기 때문에, 그리고 남녀의 임금 격차가 10:6인 현실을 개선하기 위해."(장서연), "우리의 식량 자급률이 23퍼센트에 불과하고 쌀을 제외하면 5퍼센트 이하이기 때문에, 전기 생산에서 재생 에너지 이용 세계 평균은 20퍼센트인데 한국은 1.9퍼센트에 불과해서."(한재각)

"정치가 자기 성취와 사적 이익의 각축장인 현실을 바로잡기 위해, 그리고 나 자신을 믿기 위해."(이계삼), "16대 국회 청원안 접수 건수는 765건인데 채택은 4건, 19대는 219건 중 2건인 현실에서 시민의 입법권을 위해."(김은희), "한 사회의 구성원이라는 이유만으로 최소한 먹고살 수 있는 기본 소득권을 위해."(김주온).

"내 생애에 반드시 낙동강이 흐르는 것을 보기 위해."(구자상), "우리는 독일보다 5개월 이상 더 일한다, 독일의 연간 노동 시간은 1,371시간인데 한국은 2,285시간이어서."(남우근), "주택 보급률은 100퍼센트가 넘는데 계속 집을 짓고 있다, 국내 주택의 평균 수명은 27년인데 미국은 72년이다."(신지예) 내가 사는 동네는 일 년 내내 공사 중이다. 내게 봄은 흙먼지, 그 이상도 이하도 아니다. 단독 주택을 최소 8가구 이상의 다세대로 바꾸니 동네가 어떻게 되겠는가. "미세 먼지의 50~70퍼센트가 국내에서 생성된다."(이유진). 하승수 녹색당 공동운영위원장의 지적은 평소 잘난 척이 몸에 밴 내게 일격을 가했다. 그는 개인이 버는 소득의 90퍼센트는 사회 공동체의 공통 자산 덕분이라고 말한다.

녹색당의 당비 납부율은 전체 정당 중 최고이며 여성 당원의 비중이 가장 높다. 나는 당비만 내는 당원이지만, 녹색당은 집에서도 24시간 정치를 할 수 있는 민생 정당이다. 나는 냉장고, 화장품, 핸드폰, 드라이기, 다리미, 자동차, 샴푸, 냉난방기를 사용하지 않는다. 의류, 신발도 구입하지 않는다. 대단한 철학이 있어서라기보다는 최대한 축소된 삶을 살고 싶다. 내가 정치를 하는 이유? 이런 생활 습관이 특이하다고 생각하는, 아니 아예 믿지 않는 독재 사회에 저항하기 위해서다.

# 탈성장은 우파일까 좌파일까

성장하지 않아도 우리는 행복할까? _ 세르주 라투슈

동네 평생학습관에 갔다가 정의당, 노동당, 녹색당을 소개하는 '이런 정당도 있어요'라는 총선 시민 교육 안내문을 보았다. 의미 있는 프로그램이다. 노동당과 녹색당은 원외 정당이므로 정의당 입장에서는 같은 규모로 취급되는 것이 불편할 수도 있겠다. 노동당과 녹색당도 이유는 다르겠지만, '우린 다르다'고 생각할 것이다. 정(政)이 다르면, 당(黨)이 다른 것은 당연하다. 필요할 때 연대하면 된다. 사실 이 세 당 사이의 차이는 '더불어민주당'과 '바른미래당'의 차이보다 크다.

나는 현실 정치에 관심이 많고 매우 전략적으로 투표하는 유권자다. 정권 교체는 사회 전반의 세력 교체다. 천만다행으로 이런 나라에도 정당 투표제가 있어 비례 대표 선출은 골치가 덜 아프다. 내가 사는 지역은 1여 4야의 상황, 내내 고민이다.

어제 자주 가는 중고 서점 사장님에게 "정당 투표는 녹색당

어때요?"라고 말을 걸었더니, 옆에 있던 청년이 "저는 정의당 찍을 건데요."라며 나를 째려보았다(?). 나는 ("학생에게 권한 거 아니거든요!"라고 하려다가) "예, 저도 정의당을 지지합니다." 라고 품위(?) 있게 말했다. 후보 투표든 정당 투표든, 세 당 모두 국회에 최대한 진출하기를 기원한다. 세 정당은 성격이 다르기 때문에, 각자 틈새를 개척하면 된다. 어떻게 다르냐고? 정확히 말해, 두 정당은 진보 정당이지만 녹색당은 '진보 정당이 아니다'.

내가 늘 강조하는 것처럼, 한국 사회에서 진보(progress)는 민주주의가 아니라 경제 성장, 민주 발전을 의미한다. 좋게 말하면, 계몽주의 혹은 상식조차 진보의 범주에 포함된다. (근본적으로 서구와 다른 자본주의의 길을 걸어왔기 때문이지만) 파이부터 먼저 키워야 한다는 논리를 볼모로 삼고 대다수의 희생을 강요하는 야만이 발전주의다. 이런 발상의 진보는 재개념화하거나 폐기할 때가 되었다.

우리 사회는 진보/보수, 여/야, 좌/우가 갈등하는 것처럼 보이지만 정치적 입장이나 생활 방식은 큰 차이가 없다. 외모주의, 학벌, 국가 발전 개념, 소비 문화, 자녀 교육, 표절까지 참으로 '한국적'이다. 일부 진보 인사들의 근거 없는 도덕적 우월성, 권력 지향은 일반 대중보다 더 쉽게 은폐된다. '그들만' 바르게 살아야 한다는 의미가 아니라 우리의 일상이 그렇다는 얘기다.

프랑스의 경제학자 세르주 라투슈는 나의 말더듬과 자기 검열이 답답했는지 명료하게 말한다. "성장 지상주의를 벗어나는 것은 반자본주의 프로그램이고 근본적으로 정치적이다. 그 운동은 우파일까 좌파일까. 차후 정치적 이원성은 '우파'와 '좌파'의 구분이 아니라 '생태학적 관점을 존중하는 이'와 '포식자'로 나뉠 것이다."(114쪽) 세르주 라투슈의 《성장하지 않아도 우리는 행복할까?》(2권)는 《발전에서 살아남기》(1권)에 이은 책이고, 유네스코의 후원을 받아 만들어졌다. 구체적이고 가볍고(책 두께) 쉽고 재미있다.

저자에 따르면, 자본주의와 반자본주의 모두 자연을 동원한다. 좌/우파는 차이보다 공통점이 훨씬 많다. 공통점의 핵심은 대상화다. 인간은 인간과 인간, 인간과 자연의 연결을 모두 끊고 자기 외부를 만들었다. 착취와 규정으로 사회적 약자와 자연을 통제하는 사고방식. 이것이 포식(捕食, 飽食)이다.

자기 존재를 어떻게 볼 것인가. 인간이 대상으로 삼는 '그들'에게 '우리'는 누구일까. 나는 중학교 1학년 때 니체를 경험(?)했다. 학급 일지를 쓰는 서기였는데, 담임 선생님이 생물 담당이어서 과학실에서 선생님을 기다리곤 했다. 다양한 초파리 표본을 관찰했는데 아무리 봐도 차이가 없어 보였다. 그러다 깨달았다. 초파리가 말했다. "너희가 볼 때 우리가 똑같이 생긴 것 같지? 우리가 볼 땐 너희도 그래."

# 운명이다

노무현 전 대통령 유서

　'개인 노무현'이 불가능한 언설임을 안다. 그에 대한 모든 기억과 판단은 사회적일 수밖에 없다. 이 분명한 사실이 가장 안타깝다. 이 움직일 수 없는 자명한 역사가 나를 좌절케 한다. 어느 세월에나 '그 사건'에 대한 '객관적' 인식이 가능할까.

　자살과 다른 죽음의 차이는, 자살이 개인적이고 생물학적이며 동시에 사회적이라는 사실이다. 유언과 유서는 어떻게 다를까. 다르다고 생각하는 순간, 자살은 특별해진다. 자살은 교통사고, 사고사로 숨겨진 사망 신고가 많아 정확한 통계가 어렵지만 4명 중 1명꼴로 유서를 남긴다고 알려져 있다(《자살의 이해》). 10퍼센트라는 이론도 있다. 유서가 자살의 증거처럼 여겨지는 통념에 비하면 낮은 비율 같지만 자연스러운 일이다. 우울증 환자도 다른 질병처럼(예를 들면, 말기 암환자) 사망 직전 극심한 육체적 고통에 시달리기 때문에 그 와중에 글을 쓰는 사람

61

은 많지 않다.

유서의 길이와 내용은 다양하다. "용서하세요.", "(화장실에) 들어오지 마세요.", "지는 충분히 버텼습니다.", "메리 크리스마스"도 있다. 가짜 유서(인구학적 표본에 따라 유서를 쓰게 함)와 진짜 유서를 비교한 연구가 있는데, 확연한 차이가 있다. 진짜 유서는 현실적이고 전형성을 띤다. 목적이 분명한 글이기 때문이다.

일천한 독서 경험이지만 노무현의 유서는 상당한 명문에 속한다. 담백하다. 완벽하게 지쳐서 미련이 남지 않는 사람만이 쓸 수 있는 글이다. 전체적인 균형, 깔끔한 표현력, 심정과 사유가 잘 조화되어 있다. 증상의 전형성("글을 읽을 수도 쓸 수도 없다."), 호소("앞으로 받을 고통도 헤아릴 수가 없다."), 구체적 이유("너무 많은 사람에게 신세를 졌다."), 성숙한 자세("삶과 죽음이 모두 자연의 한 조각 아니겠는가."), 타인에 대한 배려("너무 슬퍼하지 마라. 미안해하지 마라."), 소박한 요구("화장", "작은 비석"). 그가 겪었을 고통을 감안하면 놀라운 정신력이 아닐 수 없다.

가장 해석을 요하는 부분은 "운명이다"(노무현 자서전 격인 동명의 책도 있다). 당일 〈BBC〉 뉴스는 "It is fate."라고 보도했다. 'fate'라는 단어는 주로 좋지 않은 일에 사용한다. 오역이라고 생각한다. 운명은 인간의 의지와 역행하는 불가항력으로서 팔자, 숙명, 운, 초월적 힘, 심지어 미신으로 간주된다. 운명론은 순응, 허무 따위로 오해받는다. 반대로 운명을 개척하겠다는 엉뚱한 도전론도 만연해 있다.

"운명이다"는 두 경우에 모두 해당하지 않는다. 노무현은 구조적 문제와 본인의 캐릭터를 정확히 알고 있었다. 물론 당시 상황은, 이후 얼마든지 변화할 수 있는 정세였지만 그는 (우울증 증상으로 인해) 불행한 미래를 확신했다. 그 요약이 "운명이다"다. 질병으로서 우울증은 교통사고나 암처럼 누구나 겪을 수 있지만, 책임감이 높고 뻔뻔스럽지 못하며 타인에게 분노를 전가하지 않는 성격에서 흔하다.

운명은 우주 혹은 세속의 힘이고, 개인의 삶은 그 힘에 종속되는가? 그렇지 않다. 운명은 권력을 탈정치화한 표현에 불과하다. 운명은 구조의 힘에 대한 나의 대응(re/action)이다. 그것이 균형을 이루는 경우는 드물다. 극단으로 기울어질 때 개인은 생사의 기로에 선다. 자살, 타살 여부는 부차적이다. 즉 모든 자살은 사회적(타살)이다. 대개 구조가 개인을 압도하기 때문에 우리는 팔자를 타령한다. '운명을 극복'한 경우는 복잡한 세상의 우연 덕분이다. 이 과정에서 '승패'와 무관하게 악의 그물에 걸려 몸이 헌신(獻身)될 수 있는데, 이른바 '역사의 밀알'이 되는 것이다.

"운명이다"는 구조, 즉 당시 정권에 대한 노무현의 답이었다. 그는 구조주의자(운명론)도 개인주의자(의지론)도 아닌 구조를 넘어서고자 했다. 아무리 그래도 죽지 말아야 했다? 우리는 인간의 생사를 대단하게 생각하는 경향이 있다. 삶과 죽음 모두 자연의 한 부분일 뿐이다.

# 더러워진 골목길 네가 치울 거냐

표현의 기술 _ 유시민·정훈이

책 제목 '표현의 기술'은 삶의 전부다. 사람은 말과 글을 통해 자기를 만들어 가고 세상과 관계 맺는다. 생계도 표현의 기술에 달려 있다. 이 '자기 재현의 예술'이 개인의 행복과 공익을 보장한다. 요즘 가장 절실한 공익성 중의 하나는 힐링일 것이다. 평소라면 '시장 정의' 차원에서 사지 않았을 베스트셀러 작가의 책이 내게 위로가 될 줄은 몰랐다.

이 책은 만화 작가 정훈이와 글 작가 유시민의 공저라기보다 두 권의 다른 책이다. 11장 정훈이의 "나는 어쩌다가 만화가가 되었나"는 1백 쪽이 넘는 자서전. 정훈이가 만화가로 성공한 압도적인 원리는 인간으로서 성실성과 진정성이다. 여기서 관찰력이 나온다. 재능, 노력, 운, 열정……. 이런 거 아니다. 사람들은 이 간단한 원리를 모른다. 그는 방위병 시절부터 이미 훌륭한 만화가였다. 마지막 장면. 정훈이의 탈고를 기다리며 생각에 잠겨 있던 유시민이 "끝났어요?"라고 묻고 함께 매운탕 집에 간다. 나는 그 장면이 부러웠다. '멘토 유시민'이었다. 이런 감정은 글보다 그림에서 더 잘 표현되는 것 같다.

저자(유시민)는 서평을 쓸 때 '정보'와 '해석'의 균형을 강조하지만, 한국 사회에서 책 내용을 제대로 요약할 수 있는 필자는 생각보다 많지 않다. 나는 그의 글쓰기론에 수많은 사족을 달아 가며 읽었다. 그러다가 우연히 보물을 발견했다. 안도현 시인의 유명한 작품 "연탄재……"에 관한 이야기다.(143쪽) "연탄재 함부로 발로 차지 마라 / 너는 / 누구에게 한 번이라도 뜨거운 사람이었느냐".(전문)

나는 이 시가 쓰인 상황을 몰랐다. 연애시 비슷하게 생각했던 것 같다. 논리적인 저자는 "연탄재 함부로 발로 차지 마라 / 더러워진 골목길 네가 치울 거냐"로 다시 쓴다. 새침한 이층집 소녀인 양 굴었던 어린 시절, 메마른 겨울에 아래층 골목에서 연탄재를 차고 노는 남자애들이 있었다. "으…… 먼지. 쟤네들은 도대체가……." 나는 질색했다. 그 아이들이 뒤집어쓴 흙먼지와 빨랫감이 이 시에 대한 내 기억의 전부다.

1991년 이 시를 썼을 당시 안도현은 전교조 해직 교사였다는 저자의 소개와 해석을 읽고 반전이 일어났다. 그가 옳았다. 그의 정보 덕분에 이 시는 나의 시가 되었다. 이 시의 제목이 〈너에게 묻는다〉라는 사실도 이번에 알았다. 학생을 사랑하고 바르게 가르치고자 했던 교사를 해고한 대통령, 교육부 장관 이하…… 관료가 아니더라도 이런 사람들 참 많다. 사람을 발로 차는 시대다. '너에게 묻는다'. 나는 이 문장이 너무 좋다. "당신들은 연탄재를 발로 찰 자격이 없어!"

시인을 최고의 지식인으로 생각하거나 자부하는 이들이 있다. 나도 그런 축이다. 시는 언어들의 언어, 메타포이기 때문이다. 은유는 다양한 해석을 가능케 한다. 시 한 줄이 사전 한 권이 될 수도 있다. 시인이 왜 잘났겠는가? 언어를 창조하는 사람이기 때문이다. 이 시도 정치적 분노(유시민의 해석)와 공동체에 피해를 주는 행위, 먼지에 대한 공포(나)로 다양하게 읽을 수 있다.

"소수의 사악함보다 다수의 어리석음이 사회악을 부르는 때가 더 많습니다. 정치적 글쓰기는 사악함과 투쟁하는 일이 아니라 어리석음을 극복하려고 하는 일입니다."(102쪽) 저자는 낙관적이다. 내가 보기에 지금 한국 사회는 '사악한 다수'가 점령했는데…….

조지 오웰의 저자 버전인, 글을 쓰는 네 가지 이유. 자신을 돋보이게 하려는 욕망, '미학적 열정', 역사에 무엇인가 남기려는 의지, (좋은) 정치적 목적. 나는 모두 아니다. 나는 승부욕이다. "말로든 글로든, 싸워서 이기려고 하지는 맙시다."(97쪽) 아, 어떻게 살아야 하나. 나는 '나쁜 사람'에게 지지 않으려고 글을 쓰는데.

# 개신교는 동성애가 필요하다

왜 한국 개신교는 '동성애'를 증오하는가 _ 한채윤

공부에는 왕도가 있기도 하고 없기도 하다. 사고방식을 훈련한다는 측면에서는 지름길이 있다고 생각한다. 지식이 구성되는 과정을 살펴보는 것이다. 예를 들어, 인간은 양성으로 구성되어 있다는 통념 → 양성은 다르거나 한쪽이 우월하다는 성차별 → 동성애는 비정상이라는 인식. 이 세 가지는 연결되어 있다. 이중 한 가지만 과학적으로 아니라고 증명하면, 세 가지 주장은 모두 거짓이 된다. 이성애와 동성애의 구별은 남녀 구별(젠더)을 전제하므로, 성별 자체를 문제 삼는다면 이성애/동성애 개념은 성립할 수 없다. 언제나 옳은 주장, 영원한 진리는 없다는 얘기다.

우리 사회에서 동성애 혐오를 주도하는 세력은 일부 개신교 집단이다. "일부"라고 쓴 것은, 모든 개신교도가 호모포비아는 아니며 동성애자 인권운동가 중에서도 개신교인이 많다는 사실을 강조하기 위해서다. 호모포비아는 '자연의 섭리'도 '하느님의 말씀'도 아니다. 미국의 신학자 대니얼 헬미니악 신부의 《성서가 말하는 동성애》에 따르면, 성서는 인간의 섹슈얼리티에 어떤 단정도 하고 있지 않다. 오히려 '룻기'의 나오미와 룻의 이야기는 동성 간의 사랑을 긍정적으로 다룬 이야기로 유명하다.

지난 20여 년 동안 성소수자 인권운동과 이론화에 헌신해 온 한채윤의 글은 동성애에 대한 논의라기보다, 한국 개신교의 위기 진단이다. 개신교의 동성애자 탄압은 그들의 '원래' 관심사가 아니라는 얘기다. 한채윤은 개신교의 동성애 혐오가 신앙 때문이 아니라 이익 집단의 필요에 따른 절박한 정치적 전략이라고 분석한다. 나는 이 글을 흥미롭게 읽었는데, 동성애가 기득권 세력에 의해 선택적으로 다루어진다는 지적 외에도 이 글이 좋은 글쓰기 모델이라고 생각하기 때문이다. 통념을 뒤엎고, 현상을 본질화하지 않으면서, 변화가 가능하다는 힘을 준다.

1998년 김대중 정부가 출범하자 반공주의가 신앙심보다 깊은 일부 개신교 입장에서는 북한과의 관계 개선이 매우 불만스러웠다. 설상가상으로 유명 목사의 공금 횡령, 기도원 비리, 대형 교회의 목사직 세습, 교회 내부의 성폭력 사건은 대중의 불신을 사기에 충분했다. 개신교에 대한 비호감과 사회적 신뢰 추락은 교인 감소로 이어졌다. (반면 이즈음 천주교의 신자 수는 늘어났다.) 위기의 절정은 사립학교법 개정이다. 노무현 정부가 사학의 투명성과 공공성을 위해 교계의 '돈줄'을 통제하는 사학

개혁을 시도하자, 이때부터 개신교는 본격적으로 동성애를 문제 삼기 시작했다.

하지만 성적 소수자 인권운동은 개신교의 위기와 무관하게 1990년대 후반부터 착실하게 성장해 왔다. 2000년, 처음 퀴어 퍼레이드를 시작했을 때 참가자는 50여 명이었지만 2014년부터는 1만 5천 명, 3만 명, 5만여 명으로 해마다 급격하게 늘고 있다. 사회적 소수자 중에서도 가장 분명한 당사자성을 지닌 데다, 성소수자 이슈는 인권과 다양성 옹호 차원에서 글로벌 의제가 된 지 오래다.

즉, 개신교가 동성애의 '해악'을 진정 걱정했다면 동성애자 인권운동이 성장할 때부터 반대했어야 맞다. 관심이 없다가 자신의 문제를 전가할 대상을 찾은 것이다. 동성애는 '발견'되었다. 동성애 이미지는 사회 통념에 호소하기 쉬운 데다, '적'이 강력할수록 명분도 강해진다. 동성애는 '훌륭한 적'으로 만들어졌다. 적의 구성 원리는 비슷하다. '적'은 내부 비리를 은폐하고 결속시킨다. 그러므로 이렇게 말해야 한다. 개신교는 동성애자를 '좋아하고' 절대적으로 필요로 한다.

몇 달 전 거리에서 "자연의 섭리"를 외치며 "짐승도 그 짓은 안 합니다."라는 플래카드를 걸고 동성애 반대 서명운동을 하는 이들을 만났다. 나는 그들에게 다가가 말했다. "자연의 질서를 지키려면 환경운동이 먼저 아닐까요." 실제로 '짐승도 안 하는 짓'을 하는 이들은 대부분 이성애자 남성이다.

# 전단지 돌리는 사람

아무것도 바라지 않는 죽음 앞에서 _ 복거일

    지난 20대 총선 관련 기사 중 가장 인상적이었던 글은 3월쯤 〈한겨레〉에 김종엽이 쓴 "총선 캠페인 하나를 제안합니다"였다. 그 글의 요지는 택배 기사들이 투표할 수 있도록 선거일 이후로 온라인 구매를 미루자는 것이다. 작은 아이디어지만 큰 생각이다. 실질적이고 구체적이어서 감동받은 기억이 난다. 선한 마음이 낳은 상상력이다. 대개 상상력은 머리에서 나온다고 생각하지만 그렇지 않다.

    군대 문제에 관한 자료를 찾다가 20여 년 전 출간된 복거일의 산문집 《아무것도 바라지 않는 죽음 앞에서》를 읽게 되었다. 그의 지성으로 왜 이런 글들을 쓸까 하는, 새삼스런 아쉬움이 없지 않았지만 매년 《비명(碑銘)을 찾아서》를 쓸 수 있는 작가는 없을 것이다. 내 인생 목표 중 하나는 복거일의 《비명을 찾아서》와 박상륭의 《죽음의 한 연구》를 '완전 정복'하는 일이다.

'보수 논객' 복거일에 대한 평가는 훌륭한 후대에 다시 이루어지리라 믿는다.

나를 포함하여, 한때 그는 많은 이들을 설레게 했다. "내 마음은 늘 소수에게로 끌린다."(작가 후기)는 그를 생각하며, 대한민국에도 '보수 사상가'가 있었다고 자부하고 싶은 것이다. 예전에 한 매체에서 그를 보았는데 여전히 단정했다. 두 가지 이야기가 그답다고 생각했다. "세월호 선장의 '탈출'이 고의가 아니었다는 사실이 그나마 위안"이라며 "선장이 아주 이기적인 행동을 했다면 자신은 인간에 대해 절망했을 것"이라고 말했다. 그리고 현재 암 투병 중인데 병원 치료를 받지 않는다고 했다.

이 책에 실린 다양한 이야기 중에 "혼잡한 거리에 문득 피는 꽃"(35~37쪽)이라는 전단지 돌리는 노동에 관한 글이 있다. 1920년대 서구에도 간판을 몸에 두른 '인간 광고판 샌드위치맨'이 있었는데, 그들은 전단지 돌리는 사람을 부러워했다고 한다. 임금은 같았기 때문이다. 저자는 전단지 받은 일의 귀찮음을 "지옥으로 가는 길은 선의로 덮였다."는 서양 격언에 비유한다. 우리는 그 작은 선행조차 지옥인 세상에 살고 있다.

우리집에서 전철역까지는 도보로 10분. 재래 시장과 상가가 메우고 있다. 짧은 시간이지만 거만하게 말하면, 긴장과 짜증과 죄의식이 나를 괴롭힌다. 전단지 돌리는 사람들 때문이다. 교회 전도, 창고 대개방 세일, 헬스클럽 광고, 음식점 개업…… 전단지를 빨리 없애야 그들의 노동도 일찍 끝날 텐데, 의외로 내게는 전단지를 주지 않는 사람도 꽤 있다. 두 손에 든 물건과 내 행색이 잠재 고객조차 될 수 없는 아줌마라는 판단에서일 것이다. 기분은 나쁘지만 그는 성실한 노동자다.

쓰레기통이 없어서 주고받은 전단지가 바로 앞에서 뒹구는 민망함, 안 받으려고 걸음을 재촉할 때의 긴장, 내 갈 길을 방해한다는 피해의식이 들 때의 짜증, 전철역에 도착해서야 두 장씩 받는 사람도 있을 텐데, 라는 뒤늦은 죄의식······. 여기가 끝이 아니다. 나는 왜 사소한 일로 머리가 아픈가. 성격 탓까지. 전단지는 은근한 가시다.

거리에서 하는 노동은 쉽지 않은 일이다. 전단지 아르바이트와 피시방 밤샘 일은 저임금 알바 중 하나다. 가출한 이후 '원조 교제'와 성 산업에서('도') 외면당한 10대 소녀를 상담한 적이 있다. 그는 편의점이나 패스트푸드 알바가 꿈이다. 나더러 길거리에서 전단지 돌리는 사람이 있으면 꼭 받아 달라고 당부했다. 수십 장을 그냥 버리고 싶은 유혹, 받지 않는 사람에 대한 분노, 춥고 더운 날씨의 어려움, 빨리 집에 가고 싶은 마음, 세상 모든 사람이 자신을 귀찮아한다는 비참함이 일이 끝난 후에도 이어진다. 상상력은 지구 밖에서 갑자기 일어나는 일이 아니다. 보이지 않았던 곳을 생각하려는 마음이다. 전단지를 기꺼이 받아주는 작은 선행은, 그들의 노동 상황에 대한 큰 상상력이 있어야 가능하다. "이 세상에 부족한 것은 사랑이 아니라 상상력이다."(37쪽)

# 멈춤(知止)

도덕경 _ 노자

언어도단(言語道斷)은 글자 그대로 언어의 길이 끊어진 상태다. 애초 출전인 불교의 경전 《영락경(瓔珞經)》에 따르면, "너무 심오해서 말이 필요 없는 상태"라고 한다. 현대 사회에서는 "할 말이 없을 정도로 어이가 없는 경우"에 주로 사용한다. 예를 들어, 누군가 내게 "당신, 메갈이야?"라고 물으면 나는 할 말이 없다. 이것이 언어도단(대화 중단)이다. 요즘은 "언어도단이 지속되면 참을 인(忍) 세 번 뒤에 살인이 날지도 모른다."는 말까지 등장했다.

여성주의나 문화 연구에서 언어도단은 피억압자의 언어 없는 상태를 말한다. 남성, 서구 중심의 언설 체계에서 탈식민의 첫 단계는 자기 언어를 갖는 것이다. 길이 없는 곳에서 시작해야 한다. 언어도단이 뚜렷하게 시각화된 장면은 발 디딜 공간이 없는 상황, 땅끝에서 절벽으로 떨어지는 것이다. 이처럼 미묘하고 아슬아슬한 의미가 영어로는 그저 '말할 수 없음(unspeakable)' 이니, 여기서 또 다른 언어도단이 일어난다.

널리 알려졌다시피 《노자》는 잠언 같다. 비유적이고 짧다. 지은이도 명확하지 않은 데다 원본도 가지각색이라 다양한 해석이 가능하다. 주요 내용은 언어와 존재의 관계다. 서양의 언어철학자들이 좋아할 만한 책이다. '말(지식)과 권력'은 인간의 근본이니 고전일 수밖에 없다.

상편 1~37장과 하편 38~81장으로 이루어져 있는데, 첫 장 첫 구절부터 무위(無爲)의 사상으로서 《노자》를 요약한다. "도를 도라고 부르면 이미 도가 아니고, 이름이 이름 구실을 한다면 이미 이름이 아니다(道可道 非常道 名可名 非常名)". 언어가 존재를 온전히 표현할 수 없다는 사실은 언어의 불완전성을 의미하는 것 같지만, 이는 언어의 한계가 아니라 조건이다. 언어의 불완전성은 다른 언어의 가능성(앎의 발전)을 의미한다.

어처구니없음, 말이 안 됨, 기가 막힘, 할 말은 태산 같으나 말할 수 없음. 그래서 내 마음만 무너져! 이 시대, 이런 상황에 처한 사람은 나뿐만 아니리라. 고립감과 절망을 위로받으려고 《노자》를 집었다. 희언(希言, 들어도 들리지 않는 말, 23장). 상도무명(常道無名, 참된 도에는 이름이 없다, 32장). 도은무명(道隱無名, 참된 도는 눈에 띄지 않는다, 41장). 그러나 이 말씀이 "말하지 말자."는 의미는 아닐 것이다.

'좋은' 세상에서는 '나쁜' 사람이 잘 드러나지만 나쁜 세상에서는 '악'을 구별하기 어렵다. 지금 우리 사회는 〈나쁜 놈들 전성시대〉다. 이 영화의 영어 제목이 '익명의 악(Nameless Gangster)'이라는 것도 흥미롭다. (내가 만들어서 나 혼자 사용하는) '시대적 인격'이라는 표현이 있는데, 특정 시대에 대세인 캐릭터를 말한다. 지금 여기는 각자도생(各自圖生), 누가 더 뻔뻔한가를 경쟁하는 곳이다. 공식적·비공식적 약탈 능력과 무지가 권력인 사람이 성공하는 세상이다. 주변이나 자기가 속한 커뮤니티에 이런 사람이 판치면 다른 일을 찾아야 제명에 살 수 있다.

우리는 다음과 같은 말을 믿어 왔다. "명성과 생명 중에 어느 것이 절실할까(名與身 孰親). 욕망을 눌러 스스로 만족함을 알면(知足) 욕되지 않고, 분수를 지켜 능력의 한계에 머물 줄 알면(知止) 위태롭지 않아서 언제나 편안할 수 있다."(44장) 요즘은 그렇지 않다. 불신과 사욕을 추구하는 '강한' 사람들은 자신의 명성과 생명 중에서 선택하지 않는다. '자기 명성'과 '남의 생명' 중에서 선택한다.

매일매일이 괴로운 뉴스다. 타락이 공기와 같고 언어도단이 일상이다. 욕망에 한계가 없어 어떻게 저럴 수 있을까 '부럽기까지 한' 이들. 그들은 멈추지 않는다. 사회가 그들 편이기 때문이다. 문제를 제기하는 사람에게 '그만하라'고 한다. 천지가 그런 사람이니 '너만 다친다'는 것이다. 나는 그렇게 생각하지 않는다. 모두가 다치고 공동체는 붕괴된다. 누가 멈춰야 할까.

# 평범한 가정에 태어났더라면

평범한 가정에 태어났더라면 _ 박근혜

박정희 전 대통령 일가와 관련된 책은 약 3,500종 정도로 추정된다. 박정희의 초기 자서전인 《국가와 혁명과 나》(1963년), 박목월 시인이 쓴 전기 《육영수 여사》는 이제 관제(官制) 서적이 아니라 역사적 자료가 되었다. 한때 자주 국방 관련 글을 쓰기 위해 박정희 시대의 책을 모은 적이 있다. 다시 보니 박근혜 전 대통령의 《평범한 가정에 태어났더라면》이 단연 눈에 띈다.

지금 상황에서 무엇이 더 놀라울까마는, 이 책을 보고 또 한 번 놀랐다. 내가 가진 책은 발간 두 달 만에 6쇄(1993년 11월 5일 초판 발행)를 찍은 베스트셀러였다! 당시 가격 5천 원. 23년 전 출판 시장을 감안하면 놀라운 일이다.

그가 정치 전면에 나서기 전인 데다 별 내용이 없으니 저자 자체가 상품인 셈이다. 뒤에 쓰겠지만, 이 말은 부정적인 의미가 아니다. 이 책의 시장성은 한국 사회를 배회하는 박정희 향수와 최태민 일가의 그림자가 겹친 결과다. 책을 쓴 동기는 "부모님 기념 사업 중단 이후 독서와 사색, 운동으로 별다른 외부 활동 없이 조용히 지낸 탓에" 자신의 안부를 궁금해하는 이들을 위해서라고 한다. 서문 마지막에 "출판에 많은 정성을 기울여주신 남송(출판사)의 자매께 감사를 드립니다."라는 문구도 예사롭지 않다.

　책 내용은 중산층 여성의 교양이 넘치는(?) 단정한 문체에, 자기 반성, 마흔 즈음에 느끼는 인생의 교훈, 마음의 평화가 담겨 있으며 일기 형식을 취하고 있다. 수양과 겸양을 다짐하는 다소곳한 여인의 이미지다. 저자가 박 전 대통령이 아니었다면 나와 만날 일이 없는 책이다. "요즘 보는 역사책이 주는 한결같은 교훈. 나라가 망하기 전에 먼저 임금의 마음이 결딴난다. …… 자연히 충신, 간신의 말을 구별 못한다."(92쪽) 정도가 가장 '과격'하다. 대부분의 내용은 "인간의 참된 가치는 …… 얼마나 이웃을 존중하고 아껴줄 수 있는가에 달려 있다.", "참되고 깊은 지혜도 올바름에서 비롯된다."처럼 아름다운 말씀 일색이다. 지루하다. 문장은 쉬운데 무슨 말인지 모르겠다.

　이 책은 '개인 박근혜'가 어떤 사람인가를 보여주는 중요한 자료다. 다시 말해, 이 책의 '역사적 성취'는 박 전 대통령이 어떤 사람인지 절대로 알 수 없음을 증명했다는 데에 있다. '글과 저자의 관계'라는 관점에서 볼 때 이 책에는 저자가 없다. 반복해서 말하지만, 글이 읽히지가 않고 무슨 말인지 모르겠다. 지은이를 알고 읽으나 모르고 읽으나 차이가 없는 글이다. 문장력 문제가 아니다. 한국 현대사에서 그만큼 격렬하고 특이한 인생도 없을 텐데, 지자의 경험과 캐릭터가 선혀 드러나 있지 않다. 글쓴이가 자신이 누구인지 모를 때 나오는 전형적인 글이다.

나는 예전부터 그에 대한 호오나 비판보다는 어떤 사람인지가 궁금했다. 그는 독특한 인간형이다. 체현(體現)되지 않는 몸을 '데리고 다니는' 사람이다. 정치적 입장과 인간성의 '미추'를 떠나, 살아 있는 인간은 타인에게 감각을 준다. 그러나 박 전 대통령은 살아 있으되 '선거의 여왕'으로 활약할 당시조차도 사람이 아니라 상징, 물신(物神)의 느낌이 강했다. 주로 파시스트나 나르시스트에게 발견되는 자아가 없고 타인, 이념, 물상을 뒤집어쓴 오브제(objet) 같다.

그나마 나는 그의 물신성이 '국가'라고 생각했다. 한국 사회는 그가 어떤 사람인지 몰랐고, 지금도 파악 불가능한 상태다. 오로지 박정희의 딸이라는 이유로 대통령이 되었고, 전 국민과 '국가 브랜드'는 회복할 수 없는 대가를 치렀다. '평범한 가정에서 태어났다면 지금처럼 됐겠는가 아닌가'라는, 환경과 개인의 문제가 아니다. 그의 지지자들은 "평범한 가정에 태어났더라면"이라는 가정 아래, 그를 대통령이 아니라 "부모를 흉탄에 잃은 애처로운 큰딸"로 생각했다.

여기서, 역사의 반전. 그는 '근대화의 역군' 박정희의 딸이 아니라 정말 '평범한' 최씨네 가족이었다.

# 저들은 자기가 하는 일을
# 알지 못하옵니다

신약성서


"저들을 용서하소서! 그들은 자기가 하는 일을 알지 못하옵니다."(〈루가복음〉 23장 34절) 이 구절은 상대방과 말이 안 통할 때 위로가 된다. 나는 주로 남들이 '사소하다'고 하는 일에 분노하는 편이라 이 말에 의지하며 살아왔다. 억울하고 분할 때 "쟤는 자기가 무슨 일을 저질렀는지 모를 거야."라고 중얼거리며 참았다. 대화한들, '가르친들', 설득한들 알까? 소통 불가능 상황에서 최선의 지혜는 기대를 접는 것이다.

위 구절에 대한 전통적인 해석은 예수의 언행일치에 대한 찬양이다. 자신을 죽이려는 사람들에게 "아버지, 이들을 용서해주십시오."라고 하다니. 원수를 사랑하라는 평소의 가르침을 마지막까지 실천했다는 것이다. 서기 30년 4월 7일 금요일 오후, 예수는 예루살렘 북쪽 성벽 밖 골고다 형장의 십자가에 매달린다. 가상칠언(架上七言). 예수는 임종을 맞아 십자가 위에서 일곱 가지 말을 남기는데, 그중 가장 많이 인용되는 구절이다.

이 문장의 위대함은 특정 종교를 넘어선다. 나는 이 구절이 역사와 인간의 본질을 요약한다고 생각한다. 세상사를 평정하는 압도적인 언어다. 인간에게 가장 어려운 일은 자기 자신을 아는 것이고, 가장 추악한 모습은 자기를 모를 때 나타난다. 대부분의 인간은 자기가 하는 일이 무슨 의미인지 모르고 산다. 내 행동이 세상에 미치는 영향, 가해든 자폭이든 갖가지 결과, 그 여파……. 하긴, 생각할 시간도 없다. 모든 사유는 (뒤늦게) 아픔이 찾아올 때, 피해를 당하고 적을 응시할 때 시작된다.

내가 한 행동도 누군가에게는 저런 탄식을 낳을 것이다. 내게 〈루가복음〉의 이 구절은 상처의 방패막이인 동시에 가해자가 되지 않으려는 최저선(最低線)의 정의를 일깨운다. 내 아무리 타락해도 최소한 일정 선 아래로는 내려가지 않으리라. 내 추악함을 내가 모르는 끔찍한 상태, 그것만은 피하고 싶다.

내게 피가 멈추지 않는 상처를 준 사람, 삶의 근거를 뽑아버린 사람, 피해자인 나를 가해자로 만든 사람, 내 자식을 죽인 사람에게 바라는 것은 무엇인가. 그들에게 자기 행동의 의미를 깨닫게 하는 것? 내 경우엔 아니다.

'죄'의 원인은 두 가지로 나뉜다. 앎과 모름. 자기 행동의 사회적 의미를 알기 때문에 저질러도 된다고 계산한 죄가 있고, 무지나 미성숙으로 짓는 죄가 있다. 그러나 앎과 모름은 절대적 기준도 없고 개인의 판단만으로 정해지지 않는다. 개인과 사회가 협상한 결과다. 어떤 행동이 죄가 되는지 안 되는지는 실정법에조차 고정되어 있지 않다. 유전무죄. 권력, 힘이 법이다. 가장 대표적이고 유구한 사례는 성폭력이다. 성폭력 가해자는 올바른 행동이 아니라는 것을 알지만, 사회가 자기편이라는 것도 안다.

즉 '저들은 자기가 한 일을 알고 있다'. 양심과 사상의 자유 차원의 문제가 아니라면, 약탈자의 깨달음 여부는 그 사회의 역량에 달려 있다. 죄는 사회적 판단이지 개인의 양심, 무지 여부가 아니다. "자기가 한 일을 모르나이다?" 예수의 상황은 불리했고 그래서 용서했다. 용서는 약자의 유일한 특권이기 때문이다.

박근혜 전 대통령과 최씨 일가가 살아온 방식, 말하는 사람의 입을 막고 싶을 만큼 무서운 루머, 나라를 삼킨 욕망의 규모에 대한 국민의 반응은 각자 다르다. 광장에 모였던 이들의 분노처럼 이성적이어야 할 텐데, 나는 그렇지 못하다. 내내 오물을 뒤집어쓴 기분이다. 현실을 마주하고 싶지 않다. 프랑스가 왜 그토록 잘난 척하는지 이해가 간다. 그들은 2백 년 전에 혁명을 했고 왕의 목을 쳤다.

저들이 두려워하는 방식으로 문제가 해결되어야 한다. 이번 사건에서 '최순실급' 연루자들은 최소한 종신형을 받아야 한다. 그들은 자신이 한 일을 안다. 아니, 몰라도 상관없다. 정의는 그들의 교정(矯正)이 아니라 공동체의 정상화다. 인간이 변하는 경우는 두 가지밖에 없다. 하나는 상대방이 저항할 때이고, 나머지는 자신이 고통을 받을 때다.

# 무연(無緣) 사회

노년은 아름다워 _ 김영옥

나는 '여성'이고 나이들어 가고 있다. 이제 '나이든 여성에 대한 혐오'가 기다리고 있다. 무엇을 아름답고 무엇을 추하다고 느끼는가. 그 느낌의 지각 구조는 사회적인 것이지만, 여성도 노인도 자기 혐오로부터 자유롭지 않다.

《노년은 아름다워-새로운 미의 탄생》의 지은이 김영옥은 한국 사회에서 몇 안 되는 자기만의 문체가 있는 지식인이다. 베냐민, 카프카, 정신분석을 전공한 철학자이자 문학평론가인 그는 노년과 고령화 사회에 대한 깊이 있는 논의와 함께 '부러운 노년'을 다룬다. 이 책은 저자가 최현숙, 최영선, 김담, 이영욱, 윤석남, '밀양 할매들'(작은 따옴표는 필자가 달았다), 군지 마유미, 다지마 요코와 인연을 만들어 가는 여정이다.

노년 담론 중 흔히 회자되는 논리가 '곱게 늙기'다. 나는 이 말을 좋아하지 않는다. 일단 나이듦은 '곱지 않다'는 전제가 있다. 또한 '내면의 아름다움'이 가능하다 할지라도 곱게 늙을 수 있는 조건을 갖춘 이들이 얼마나 되겠는가. 그리고 왜 노인에게 만 곱게 살라고 하는가!

그런 점에서 나는 이 책의 제목보다 부제에 방점이 있다고 생각한다. '새로운 미의 탄생'. 이 책의 주인공들은 '노년인데도 불구하고' 아름다운 것이 아니다. 치열하고 성실하게 사는 아름다운 개인일 뿐이다. 누구나 나이들지만 나이듦의 형태는 획일적이지 않다. 모든 범주가 그렇듯, 어떤 면에서는 '노인'과 '젊은이'의 차이보다 노인 간 삶의 차이가 더 클지도 모른다.

우리가 체화하지 못해서 그렇지, 나이듦의 의미는 간명하다. "부담되고 인정하기 싫은, 심지어 공포로까지 확산되는 노년의 이미지는 근대주의가 퍼뜨린 독립적 개인에 대한 신화, 뷰티 산업에 토대를 둔 편협한 미의식, 그리고 죽음과 밀접한 관계가 있는 문화적 현상이다."(275쪽) 물론 나이듦이 동반하는 신체 현상(체력 저하, 노안, 머리숱 빠짐……)은 '어쩔 수 없다'.

한국 사회보다 먼저 고령화를 겪었고 사회적 논의도 풍부한 일본. 내가 가본 도시 교토는 노년들로 넘쳐났다. 이는 노인이 많다는 뜻이 아니다. 그들은 거리를 안전하게 활보할 수 있다. 노인 인구가 가시화될 수 있는 환경에 살고 있는 것이다.

좋은 글귀가 촘촘한 책이지만, 나를 사로잡은 내용은 2010년 방영된 〈NHK〉 특집 방송 프로그램 〈무연 사회: 무연사(無緣死) 3만 2천 명의 충격〉(총 27편) 속 이야기였다. 3만 2천 명은 많은 숫자인가, 아닌가. 나는 의외로 적다고 생각한다.

지은이는 타인에게 흥미를 보이지 않는 사회, 타인에게 짐이 되지 않으려는 사회에서 서로를 염려하며 기꺼이 '짐이 되어주는' 인연 사회를 제안한다.(237쪽) 그런데 '인연 사회'가 낯설게 느껴진다. 한국 사회는 오랫동안 지연, 학연, 혈연처럼 연줄의 악행에 익숙하기 때문이다.

연대(네트워킹)와 연줄의 차이는 무엇인가. '좋은' 취지의 사회적 약자 모임은 연대이고 그렇지 않은 관계는 연줄인가? 아니다. 연대와 연줄의 차이는 새로움에 있다. 기존의 관계를 활용하는가, 의식적으로 새로운 관계를 만드는가. 이것이 차이다.

하지만 무연 사회에서 연대와 연줄의 다름을 논하는 것이 허무하다는 생각이 든다. 고독사의 순간은 그렇다고 치자. 사후를 정리할 인간관계가 없는 죽음. 이것이 이제까지 인류가 달려온 문명 사회의 최종 모습인가. 서로 돕고 보살핌이 필요한 사람들은 노인, 장애인, 환자를 비롯한 건강 약자들이다. 이들은 결코 적은 숫자가 아니다. 그런 의미에서 '인연'과 '무연'은 인간의 조건을 둘러싼 중요한 논쟁거리다.

불성실과 무능력을 연줄로 해결하려는 사람, 나 홀로 간편하게 살려는 사람, 처지가 어려운 타인과 엮이지 않으려는 사람, 타인을 집요하게 괴롭힘으로써 낙오된 자기를 잊으려는 사람. 이들은 모두 달라 보이지만 사고방식이 같은 이들이다. 혼자 살만한 상태가 영원하리라 믿는 오만. 노년은 이토록 멀리 있다.

# 함께 맞는 비

감옥으로부터의 사색 _ 신영복

경북 성주군 주민들의 사드(THAAD · 고고도 미사일 방어 체계) 반대 투쟁을 그린 박문칠 감독의 다큐멘터리 〈파란나비효과〉를 보았다. 5만 주민이 모두 한목소리를 내지는 않지만(〈한겨레21〉 1166호 감독 인터뷰 "날아라, 사드 대신 평화의 파란나비" 참조), 영화는 당대의 절실한 윤리를 보여준다.

대부분의 등장인물이 여성인 이 영화에는 '나중에'와 '필요악'이 없다. 한국 사회운동에서 흔히 등장하는 비인간성, 어떤 문제는 중요하고 어떤 문제는 사소하다는 위계, '악'이지만 필요한 일이 있으며 누군가는 그 일을 해야 한다는 사고방식이 없다. 주민들은 사드를 다른 곳에 배치하거나 군수가 '다방이나 술집 여자들'을 비하하면 더욱 강력하게 저항한다. 이 투쟁에는 "국가의 힘을 어떻게 당하겠냐."며 겁먹은 일부 남성 외에는 소외된 사람이 없다. 타인을 타자(他者, the others)로 만들지 않는 삶이 여기 있다.

웃음이 많은 이 영화는 연대와 평화에 대한 깊은 사유를 보여준다. 주민들은 일상이 투쟁이고 정치라는 사실을 깨달았다. 평화에 대한 가장 큰 오해는 일상과 전시가 따로 있다는 것, '군사주의'와 평화는 대립한다는 사고다. 평화는 '평화 교육'이나 '비폭력 대화'가 아니다(왜 이런 프로그램의 수강료는 특히 비쌀까). 평화운동가인 어느 수녀님의 말대로 "평화로운 대화를 하려면 속에서는 불이 나는 법"이다.

연대(連帶)는 우리말로 번역되지 않는다. 약자를 볼모로 한 힘 있는 자들의 권력 증식 카르텔이 있다. 재벌의 담합이나 남성 연대(male bonding)가 대표적이다. 또 다른 하나는 사회 정의와 타인을 이해하는 과정으로서 연대(solidarity)다. 전자는 약자를 쫓아내지만 후자는 타인을 수용하면서 자신을 다시 구성한다.

쫓겨나는 사람들은 주로 '범(汎)여성'들이다. 성소수자, 성 산업에 종사하는 사람, 낙인찍힌 이들이다. 한국 사회는 이들에게 함부로 하라는 〈국민 교육 헌장〉이라도 있는 듯하다. 이들이 주로 듣는 말이 "나중에 해결하자."다. 이 '나중에'가 흥미롭다. 논리적으로 가능하지 않기 때문이다. 누구의 입장에서 '나중에'인가. 배부른 사람이 며칠 굶은 사람에게 "나중에 먹어요."라고 말할 수 있나. 아니면, 당사자가 "저희는 나중에 먹을게요."라고 하겠는가. 즉 "나중에"는 아무도 할 수 없는 말이다.

감옥에는 다양한 사람이 있다. 접견 횟수와 영치금의 액수가 같을 리 없다. 사정이 나았던 신영복은 동료에게 도움을 주려고 하지만 거부하는 이들을 보고 이렇게 썼다. "사람은 스스로를 도울 수 있을 뿐이며, 남을 돕는다는 것은 그 '스스로 도우는 일'을 도울 수 있음에 불과한지도 모릅니다. …… 돕는다는 것은 우산을 들어주는 것이 아니라 함께 비를 맞으며 함께 걸어가는 공감과 연대의 확인이라 생각됩니다."(244쪽) 그래서 "입장의 동일함은 관계의 최고 형태"가 된다.(313쪽) 연대의 의미에 대해 이보다 더한 명문이 있을까. 이 당파성과 위치성!

당연한 이야기지만 《감옥으로부터의 사색》이 처음 출간된 1988년과 30여 년이 지난 지금 나의 독후감은 다르다. 1976년, 신영복은 그의 계수에게 이렇게 썼다. "얼마 전에 읽어본 《여성해방의 이론과 현실》(이효재)을 추천합니다. 매우 신선한 책입니다."(95쪽) '염려보다 이해를'(73쪽)이 이토록 감사한 말임을 그때는 몰랐다.

《감옥으로부터의 사색》은 감옥의 사상이다. 1968년부터 20년 20일 동안 '엘리트 사상범'은 '밑바닥 인생들'과 살면서, 그들과 자신의 같음과 다름에 대해 끊임없이 고민했다. 그렇게 그는 생각 없이 살아도 되는 남성의 '특권'은 누릴 수 없었지만, 타인을 타자로 만들지 않고도 남성이 된 드문 인간이 되었다. 천만 번의 외로움 끝에 다다를 수 있는 경지다.

# 글짓기, 글쓰기

연암 박지원의 글 짓는 법 _ 박수밀

이오덕은 글은 '짓는' 것이 아니라 '쓰는' 것임을 강조했다. 그래서 '지은이(작가)'가 아니라 '글쓴이'다. 관념적인 이야기를 지어내지 말고 자기 삶에 근거한 살아 있는 이야기를 쓰라는 것이다. 어느 누가 동의하지 않으랴.

그런데 조선의 문장가 연암 박지원은 글을 '지으라'고 주장한다. 나는 같은 말의 다른 표현이라고 생각한다. 잘 쓴 글은 잘 지은 글이다. '쓰다'에 세우다, 이루다, 나타내다를 의미하는 '저(著)'가 합쳐져 저서(著書)다. 짓다에 작위적인 어감이 있어서 그렇지, 짓는 것은 제작과 실천이라는 의지의 산물이요 창조적 행위다.

글짓기든 글쓰기든 문장의 최대 이슈는 과정과 목적이다. 트위터의 140자, '학술 논문', 소설. 분야를 불문하고 자신의 고민과 주장을 정확하게 표현하고 싶은 사람의 심정은 같다. 글쓰기 책 저자들이 제시하는 '글 잘 쓰는 방법'도 대개 비슷하다. 독창성, 많은 생각과 독서, 과정으로서 쓰기, 비유 활용, 진정성, 현학과 탁상공론을 피하라 등등. 스티븐 킹부터 안건모까지 크게 다르지 않다. 그런데 세상이 좋은 글로 충만하지 않은 걸 보면 아무리 글쓰기 책을 읽고 노력한다 해도 자기를 이기기는 힘든가 보다. 나도 늘 길이 아님을 알면서도 가르침대로 쓰지 못하고 성질대로 쓰다가 길을 잃는다.

《연암 박지원의 글 짓는 법》의 저자 박수밀이 분석한 연암의 글쓰기 사상의 핵심은 정치학이다. 방법론은 전략(4부). 연암은 '요령'이라고 겸손해했지만 전략이야말로 딱 맞는 표현이다. 글쓰기를 정치적 투쟁의 일환으로 본 연암에게는 주장이 가장 중요했다. 흔히 표현력이라 불리는 능력은 주장에 맞는 어휘 선택과 문장의 배치로 이루어지는 입체 만들기, '집짓기'이다. "글자는 군사고 글의 뜻은 장수다. 제목은 적국이고, 고사(故事)를 끌어들이는 것은 싸움터의 보루다. …… 문장을 이루는 일은 대오를 이루어 진을 치는 것과 같다. …… 글자가 우아한지 비속한지나 평하고 문장이 높네 낮네 따지는 자들은 적을 제압하는 저울질을 모르는 자다."(155쪽) 명문이다!

하지만 주장이 있는 글은 동의와 이해를 얻기 어렵다. 주장을 효과적으로 소통하려면 '이기는' 전략이 필수적이다. 상대를 설득하고 그 과정에서 내가 성장하려면 정세와 독자, 주제, 나의 위치를 다각도로 고려하여 '아름다운 짓기'를 위해 모든 힘을 쏟아야 한다. 이것이 글 쓰는 과정이다.

내가 이 책으로부터 가장 격려받은 부분은 글짓기의 목적이 도덕과 인륜이 아니라 뜻을 펴지 못한 인간의 마음을 드러내는 데 있다고 본 연암의 성정이다. 《사기》의 문면(文面)을 읽지 말고, 친구를 변호했다는 이유로 궁형(宮刑)을 당한 사마천의 울분을 읽으라는 것이다. 글을 쓴다는 것은 아프고 속상한 마음을 형상화하는 행위다. 이른바 발분저서(發憤著書)! 분한 일을 당하고 나서 그것을 글로써 풀어내는 것이다. 이것이 연암이 주장한 글 짓는 목적이다.

주장할 것이 없는 사람, 주장이 없어도 되는 사람은 글을 쓸 필요가 없다. 안주 상태에서는 참된 문학이 나올 수 없다는 것이다. 단도직입적으로 "글이란 뜻을 드러내면 그뿐"이다. '뜻을 드러내다'의 원문은 사의(寫意)인데, 직역하면 '뜻을 쏟아낸다'는 뜻이다.(83쪽) 자기 주장이 창작의 요체다. "남을 아프게 하지도 가렵게 하지도 못하고 구절마다 범범하고 데면데면해서 우유부단하기만 한 글을 어디다 쓰겠는가."

이제는 고전이 된 파이어스톤의 《성의 변증법》이나 파농의 《검은 피부 하얀 가면》은 모두 그들이 20대 중반에 쓴 작품이다. 자신이 피억압자라는 현실 인식에서 출발해 사회운동에 헌신하면서 그 과정의 분노와 열정이 걸작이 된 경우다. 글쓰기의 목적이 사회 변화에 있다는 의미가 아니다. 글쓰기 자체가 사회를 다시 짓는 과정이다. 글쓰기의 목적은 결과에 있지 않다. 과정이 선하고 치열하면 결과도 그러하다. 글쓰기는 다른 삶을 지어내는 노동이다.

운이 좋으면 후학 유만주(俞晩柱)처럼 연암의 문장을 가리켜 "자기심골(刺肌沁骨), 살을 찌르고 뼈에 스며든다."고 말하는 독자를 만날 수도 있겠지만, 이 역시 조우일 뿐 목적일 수는 없다.

# 희망은 욕망에 대한 그리움

기형도 산문집 _ 기형도

"가을의 저녁은 너무 빈곤하다. …… 가을은 약탈자"(87쪽)라던 기형도의 단상이 해질녘 집을 나서는 나를 위로한다. 기형도(1960~1989년). 그는 스물두 살에 백혈병(혈액암)에 걸렸고 그로부터 7년 후에 세상을 떠났다. 29년의 삶. 이 책은 고인이 쓴 여행기, 일기, 편지, 단상, 소설, 서평, 기사를 그가 사망한 지 일 년 만에 묶어서 낸 책이다. 김현이 제목을 정한 유고 시집 《입속의 검은 잎》과 전집은 지금도 꾸준히 읽히고 있지만 이 책은 24년 전 '고전'이다.

내게 '희망'의 이미지는 상술, 무임승차, 불신이 느껴지는 위로, 네온사인 십자가 따위이다. 문자 자체로도 희망(希望)은 좋은 의미가 아니다. 기형도는 간단히 썼다. "희망이란 말 그대로 욕망에 대한 그리움 아닌가. 나는 모든 것이 권태롭다. …… 도대체 무엇이 더 남아 있단 말인가. …… 시는 어쨌든 욕망이었다. 그러나 나에게는 지금 욕망이 사라졌다. …… 추악하고 덧없는 생존이다."(19~21쪽) 3쪽을 내 맘대로 짜깁기한 것이니, 그의 생각을 왜곡했을 수도 있다.

그는 희망을 부숴야 뭔가 가능하다는 것을 알았다. 그의 여행기는 "희망에 지칠 때까지 지치고 지쳐서 돌아오리라"였다. 흔히 회자되는 루쉰의 말도 희망에 대한 긍정이 아니다. "땅 위에 길이 없는 것"처럼 원래 희망도 없다는 얘기다. 많은 사람이 걸어 다니면 길이 만들어진다는 실행의 고단함을 강조한 말이다.

희망은 삶에 대한 특정한 사고방식을 집약한다. 미래 지향, 긍정, 바람……. 사람들은 이 말을 편애한다. 희망이 있어야만 살 수 있는 것도 아닌데. 오히려 표현 그대로 생각하면 절망(切望)이 희망적이다. 절망은 바라는 것을 끊은 상태, 희망은 뭔가 바라는 상태. 어느 쪽이 더 '희망적'인가?

상처와 좌절은 객관적이지 않다. 기대에서 온다. 무엇인가를 바라는 상태. 소망, 원망(願望), 희망은 종교다. 바라지 말고 바라는 현실을 살면 된다. 희망은 필요 없다. 대중에게 희망을 제시해야 한다는 사명감에 바쁜 이들은 주로 정치인과 종교인이다. 요즘은 지식인이나 사회운동가도 힐링이라는 이름의 희망을 말하는데 이건 진짜 절망적인 현상이다. 그들의 임무는 고통을 드러내고 사회에 문제를 제기하는 것이다. 그래야 할 사람들이 대중이 원하는 희망을 이야기한다? 불길한 징조다.

희망은 바라는 것이므로 어차피 현재에는 없다. 내가 생각하는 '희망'의 문제는 두 가지다. 우리 사회는 희망이 없다. 맞다. 하지만 희망과 현실을 대립적으로 사고하기 때문에 이런 좌절이 오는 것 아닐까. 현실의 일부인 '어두운' 현실을 드러내면 희망이 없어지는 것처럼 생각한다. "세월호는 이제 그만" 같은 논리가 대표적이다.

또 다른 문제는 바랄 망(望), 자체에 있다. 이것은 미래의 비전이다. 실천이 아닌 이미 도착한 마음의 상태다. 미래상이 현실과 멀어질수록 희망은 부정의를 미화하게 된다. 이때 사람들은 세월호 이슈를 회피하고 황우석 사태를 부정한다. 그리고 이를 기억하려는 사람들을 절망의 메신저로 취급한다.

기형도가 살았던 1980년대에 비해 지금 사람들의 욕망은 하늘을 두 쪽 낼 만큼 강렬하다. 실현 가능성은 그 반대다. 사람들이 원하는 것은 이루어지지 않는다. 죽을 만큼 노력하거나 노력해봤자 불가능한 일들이 대부분이다. 이런 시대의 희망은 통치 이데올로기에 가깝다. 대중은 '착해 보이는 말', 희망으로 대응한다. 현실은 물질이고 희망은 생각이다. 현실을 변화시키는 것보다 '마음가짐'을 바꾸는 것이 쉽기 때문이다.

희망과 현실의 간극이 클 때 우리는 절망한다. 절망에 대처하는 가장 위험한 방법은 희망이 인식이 되어 그 인식을 행동으로 옮길 때다. 나는 희망을 버리는 것이 치유라고 생각한다. 세상은 명절 인사처럼 '모든 이들의 소망이 이루어지는' 곳이 아니다.

세상에서 가장 무서운 사람인 동시에 두려울 것이 없는 사람, 자유로운 사람, '희망찬 인생'은 바라는 것이 없는 사람이다. 원하는 것이 있을 때 인간은 무엇인가의 볼모가 된다. 희망은 욕망의 포로를 부드럽고 아름답게 조종하는 벗어나기 어려운 권력이다.

# 2장

## 당사자의 글쓰기는
## 혁명의 꽃이다

# 이 전쟁이 제일 큰 전쟁이다

밀양을 살다 _ 밀양구술프로젝트

지구화의 실제는 사회학자 조지 리처의 표현대로 '맥도널디제이션(McDonaldization)', 미국화이다. 한편 9·11은 자본주의의 세계화에 이어 안보 패러다임의 세계화(미국화)를 가능케 했다. 9·11은 냉전 이후 군축론을 간단히 잠재웠다.

'보통 나라(normal state)'는 하나의 전쟁에 국력을 집중해도 이길까 말까다. 그러나 '미국의 전쟁'은 기존의 윈 홀드 윈(win-hold-win)에서 윈윈 전략으로 한발 더 나아갔다. 두 개 이상의 전쟁을 동시에 수행해도 모두 승리할 수 있도록 언제 어디서든 병력과 전투기와 전함을 갖추고 출동한다는 것이다.

맥도널드가 어느 거리에나 있듯 사정거리 12,000킬로미터의 미제 유도(誘導) 미사일은 지구상 어디든 원하는 곳에 떨어진다. '제국'은 시장과 안보 두 영역에서 우리의 일상을 지배하고 있다. 촛불 시위는 엠비(MB) 정권만의 사건이 아니다. 이제 먹을거리 문제 같은 일상의 정치는, 누구나 데모가 인생인 시대를 열었다. 저항은 정권 비판서부터 삶의 체제(신자유주의) 전체로 확대되었다.

'일상'처럼 계급적인 단어도 없다. 대개 일상은 반복, 아무 일 없음, 무료함을 연상시키지만 그렇게 사는 사람은 드물다. 대부분 사람들은 사는 것이 전쟁이다. '우리'의 일상이 '그들'의 예외 상태다.

남성, 노동자, 대학생만 정치적 주체라는 기존 통념은 이미지일 뿐이다. 10대 여성, 주부, 장애인, 농어민('할머니, 할아버지')을 포함해 비정치적인 존재라고 간주되었던 이들이 전면에 나서면서 끈질기고 비타협적인 전투가 일상화되었다. 이는 이미 1970년대 여성 노동자 투쟁, 1980년대 빈민 투쟁에서 여성들이 보여준 적이 있지만, 아직도 "주부'마저' 나섰다."고 표현하는 이들이 있다.

다른 이들과 마찬가지로 나는 지난 몇 주간 세월호 사건과 이와 연계된 개인적 사연이 겹쳐 탈진한 상태였다. 주문한《밀양을 살다》가 도착했는데 책을 펼칠 기력이 없었다. 한가하거나 별일 없는 안녕이 일상 상태가 아니라는 것을 '이론적'으로는 잘 안다. 그런데도 언제나 내 꿈은 시사나 생계와 무관한 평소에 읽고 싶은 '아름다운' 책을 읽는 것이다(고전, '야사', 탐정, 여행……). 나는 일상 개념의 계급 투쟁에서 매번 패배한다.

하지만 "세상일에 관심 끊고 무심히 살 수는 없습디다."(207쪽)

라는 구미현의 표현처럼, 일상을 고대한들 소용없는 일이다. 관심을 켜고/끄고의 문제가 아니다. 안녕과 평화, 그런 것은 원래 없다. 평화는 희망과 오해가 실재처럼 된 대표적 언어다.

나는 이 책을 읽으면서 다시 일상에 빠져들었다. 《밀양을 살다》는 밀양 주민들의 10년간의 정치, 일상의 기록이다. "송전탑 싸움 나와봐도 열도 안 되는 사람들", "남자들은 빠지고 여든 살 넘은 허리 아픈 할머니들"은 말한다. 어디 이곳뿐이겠는가마는, 10년 동안 대한민국 어느 지역에서 어떤 '국민'(김말해, 87세)의 일상은 이러했다.

"6·25전쟁 봤지, 오만 전쟁 다 봐도 이렇지는 안 했다. 이건 전쟁이다. 이 전쟁이 제일 큰 전쟁이다. 내가 대가리 털 나고 처음 봤어. 일본 시대 양식 없고 여기 와가 다 쪼아 가고, 녹으로 다 쪼아 가고 옷 없고 빨개벗고 댕기고 해도 이거 카믄. 대동아전쟁 때도 전쟁 나가 행여 포탄 떨어질까 그것만 걱정했지 이러케는 안 이랬다. 빨갱이 시대도 빨갱이들 밤에 와가 양식 달라카고 밥 해 달라 카고 그기고. 근데 이거는 밤낮도 없고, 시간도 없고. 이건 마 사람을 조지는 거지. 순사들이 지랄병하는 거 보래이."(37쪽)

요즘 이 나라에 놀라서 신문을 자세히 읽지 못한다. 미류(인권운동사랑방 상임 활동가)를 비롯한 17명의 집필 투쟁에 부러움과 경의를 표한다. 이 책은 출판사의 '대한민국을 생각한다' 현장 기록 시리즈 중 하나다. 대한민국은 정말 생각이 필요하다.

답이 안 나오는 나라지만 그럴수록 더욱 생각하고 생각을 나눠야 한다.

이 책은 구하기 힘든 생각을 기꺼이 나눈다. 구하기 힘든 생각 중 하나는 현실과 늘 정면충돌하는 개념인데도 우리가 갈망하는 일상의 안온함, 그것의 비현실성이다.

# 장애인이 공부해서 뭐하냐

그럼에도 불구하고 수업합시다 _ 홍은전

세월호는 많은 이들에게 충격을 주었지만 사람마다 그 정도
와 감각의 시간은 다르다. 이 차이는 어디서 기인하는 것일까.
나의 경우 삼풍백화점 사건 때는 지인의 가족이 사망했지만 세
월호 희생자 중엔 관련된 이가 없다. 두 사건의 비교를 차치하
고, 개인적으로는 세월호가 훨씬 충격적이었다. 사랑하는 이의
억울한 죽음이라는 비슷한 경험을 했기 때문일 것이다.

독후감은 독자의 사정에 따라 달라진다. 독자의 상황(콘텍스
트)이 책(텍스트)의 의미를 정한다. 내겐 《그럼에도 불구하고 수
업합시다 – 노들장애인야학 스무해 이야기》가 그랬다.

나는 10여 년 전 노들야학에서 몇 차례 강의한 적이 있고 그
때의 감동을 쓴 적이 있다. 전형적으로 비장애인이 장애인, 장
애인운동과 만났을 때 그들을 타자화하는 것이었다. 물론 그
내용이 장애인 비하가 아니라 깨달음, 죄의식, 배움이었지만 어

쨌든 내 기준에서 '나는 그들과 다르다'는 자기 중심적 사고방식이 바탕에 깔려 있었다. 그러나 지금은 조금 달라졌다.

노들야학은 장애 성인의 교육 기관이며 노란 들판이란 뜻이다. "식사하셨습니까?"(147쪽), "연애하고 싶은 장애인"(185쪽)의 의미가 무엇인지 비장애인은 알기 어렵다. (책을 읽기 바란다.) "장애인이 공부해서 뭐하냐?"(23쪽) 책은 비장애인 중심 사회의 폭력과 지난한 투쟁도 성실히 기록하고 있지만, 나는 공부의 의미에 가장 공감했다.

대학에 가고 싶은데 "네가 왜 공부를? 안마사를 하면 될 텐데."라며 만류하는 교사, 부모, 친구들 때문에 고민하던 고3 시각 장애인 학생이 있었다. "당신 같은 사람이 공부해서 뭐하냐." 이런 얘기, 나도 수없이 겪었다. 나는 사회운동 단체에서 상근하다가 서른 살에 일반 대학원에 입학했는데 그때만 해도 "따까리(간사)가 왜 공부를?"에서부터 '변절자'라는 비판까지 들었다. 내가 다른 성별, 나이, 계층이었어도 그런 말을 들었을까. 사회운동에 회의가 들어서 대학원에 진학했지만 나는 공부를 하면서 '진짜 운동권'이 되었다.

공부의 필요와 의미는 스스로 정하는 권리다. 사람들은 진학 차원이 아니더라도 "공부해서 손해 볼 일이 없다.", "인간은 평생 공부해야 한다."라고 말한다. 그러나 주부나 장애인이 공부하고자 할 때는 태도가 다르다. 이들은 사람이라기보다 '역할' (안마, 가사노동……)로 간주되기 때문에 그들 자신을 위하는 일은 사회에 피해를 준다고 생각하기 때문이다. 그들의 시간은 사회의 것이다. 근대 초기 미국에서 초등학교 의무 교육 제도가 도입되었을 때도 주부와 노예는 예외였다. 인간은 스스로 대단한 문명인이라 생각하지만 차별의식은 문명의 몇 배를 앞서간다.

장애인이나 여성이 자기 언어를 지니는 것은 지식의 개념을 재정의하는 전복적인 행위다. 사회적 약자에게 공부는 취업, 성장 같은 당연한 의미 외에 자신의 삶과 불일치하는 기존의 인식 체계에 도전하는 무기가 된다.

"우리는 운동이 없는 배움, 배움이 없는 운동에 대해 '운동'의 이름으로 맞선다."(127쪽) 장애인에게 공부의 의미는 이동, 관계, 투쟁…… 그리고 내가 알 수 없는 그 이상일 것이다. "장애인은 공부해도 어디 가서 써먹을 데가 없다."는 생각은 현실과 정반대다. 공부야말로 사회적 약자가 해야 가장 효과적이다. 언어는 그들의/우리의 유일한 자원이기 때문이다. 서른 살 이후, 나는 이 이슈를 기준으로 억압하거나 비웃거나 불편해하는지 여부에 따라 상대방의 인간성을 판단하는 사람이 되었다.

우리 사회는 학습과 사회운동을 분리하는 경향이 강하다. 사람들은 장애인이나 단체 상근자들은 공부할 필요, 조건, 시간이 없다고 생각한다. 공부는 '전문가' 의견으로 대체된다. 그러나 실무자와 전문가는 별도로 성립할 수 없다. 사회운동, 회사, 관료 조직을 막론하고 전문성 없는 실무자와 현장 능력이 없는 전문가는 걸어 다니는 재앙이다. 이들의 결과가 '세월호'다.

# 백인들의 말은 대단히 매끄럽다

그래도 삶은 계속된다 _ 켄트 너번

어려운 글에는 두 종류가 있다. 대표적으로 모르는 분야의 글. 나는 자동차나 주식 관련 글을 이해하지 못한다. 이런 경우를 제외하면 어려운 글은 없다. 못 쓴 글이 있을 뿐이다. 현학적인 글? 이건 문장이 안 된 글, 글쓴이 자신이 무슨 말을 하는지 모르는 글이다.

통념에서 벗어난 글은 어렵게 느껴진다. 익숙하지 않아서 어려운 경우다. 내 글이 '어렵다', '함축적'이라는 평을 간혹 듣는다. 지적보다는 비난에 가깝지만 개의치 않는다. 난이도에 대한 반응은 지식, 연령과 무관하기 때문이다. 나는 "글은 고등학생도 읽을 수 있게 써야 한다."는 논리에 동의하지 않는다. 쉽고 어려움은 영역이나 가치관의 문제지, 학력의 문제가 아니다.

"연상의 남성", "마음은 몸의 어느 부위죠?", "지리상의 발견? 우리는 '발견된' 거예요." 이렇게 말하면 사람들은 어렵다,

잘 안 들린다, 안 읽힌다고 한다. 하지만 내가 이런 방식으로 말하지 않는다면, 왜 말해야 할까?

'쉬운 글은 속임수' 이론의 대표 주자는 탈식민주의 비평가 가야트리 스피박이다. 지금 우리가 사용하는 백인 남성의 인식이 쉽고 투명해 보이는 것은 실제로 쉬워서가 아니라 오랫동안 보편적인 언어로 군림해 왔기 때문이다. 백인 남성의 언어여서 틀렸다는 것이 아니다. 그들의 언어는 우리의 현실을 드러내기 어려운, 사실은 진짜 어려운(쓸모가 적은) 말이라는 뜻이다. 현존하는 언어가 모두 진리는 아니다. 시인들이 그토록 외치지 않았던가. 꽃은 꽃이 아니라 꽃으로 간주될 뿐이라고.

대중적인 글은 쉬운 글일까? 아니, 대중이 존재하기나 하는 것일까. 대중은 균질적이거나 실체적인 집단이 아니다. 모두가 만족하는 글은 가능하지 않다. 대중적인 글을 지향하는 것은 글을 못 쓰는 첩경이다. 안 되는 일을 어떻게 되게 하겠는가.

《그래도 삶은 계속된다─아메리카 인디언이 들려주는 지혜의 목소리》의 저자 켄트 너번은 아메리카 원주민을 위해 헌신해 왔으며 이 책도 좋은 책이다. 부제 그대로 지혜가 넘친다. 하지만 잠시 의문. 왜 어떤 사람의 말은 '사상'이고 '잠언'인데, 노인이나 원주민이 하는 말은 '지혜'라고 할까.

스트레스와 정신 붕괴. 이명박 정부부터 징조가 있었다. 그들은 '말씀'을 만든 정권이었다. '녹색 성장'에 이어 '창조 경제'. 이 말이 선악과 시비를 전복하고 있다. 세월호는 참극이었다.

하지만 이후 기이한 언설들, 상식을 칼로 무찌르는 듯한 논리에 두려움과 현기증을 느낀 사람이 나뿐일까. 이처럼 나는 약간(?) 인지 장애를 겪고 있다.

그러다가 이 책에서 '검은 매'라는 소크족 활동가의 말, "백인들의 말은 대단히 매끄럽다(smooth). 옳은 것을 그르게 보이도록 만들 수도 있고, 그른 것을 옳게 만들 수도 있는 것을 보면."(29쪽)이라는 구절을 읽고 '위로'받았다. 그들의 역사는 오죽했겠는가. 아메리카는 인류사의 움푹 팬 상처다.

스무스하게. 우리 사회에서도 일상적으로 사용하는 단어다. 이는 '부드럽게', '교양 있게', '친절하게'와는 다른 의미가 있다. 뭔가 숨기면서 얼버무리거나 좋게 좋게 넘어가자는 어감, 매끄럽기보다 오히려 찜찜하다. 스무스한 말이 필요할 때도 있지만, 문제는 옳고 그름을 바꿔치기하는 현실이다.

게다가 우리 정부의 말은 백인의 말과도 다르다. 매끄럽지가 않다. "불순한 유가족", "배후", "유언비어 유포"처럼 공격적이다. 차라리 매끄러웠으면 하지만, 매끄러우려면 최소한의 지성과 상식이 있어야 한다. 우리는 속임수조차 매끄럽지 못할 만큼 언어가 없는 사회다.

익숙한 말은 진부하게 여기고, 어렵다고 느껴지는 말에 호기심을 보이는 사회가 창조적인 사회가 아닐까. 사회적 약자가 경험을 드러내면 '사소한' 것인데도 불안하게 느껴지고, 가진 자의 논리는 편안하게 느껴지는 사회에서 인간성은 어디를 향하게 될까.

명심하길. 아메리카 원주민 지도자의 연설 중 가장 널리 인용되는 1853년 스쿼미시족의 추장 시애틀은 이렇게 말했다. "죽음이란 없다. 단지 살아가는 세계가 바뀔 뿐이다."(228쪽) 우리는 언제 어디서 어떤 관계로 다시 만날지 모른다. 그러니 거짓말을 하더라도 빈 머리(익숙함)에 의존하지 말고 생각하고 발언하라.

# 가장 무서운 것은 사람 마음의
# 밑바닥을 보는 것이었어요

### 그의 슬픔과 기쁨 _ 정혜윤

"2009년 여름. 경찰 헬기에서는 봉투에 넣은 최루액이 살포되었다. (가스가 아니다.) 그해 뿌려진 최루액의 95퍼센트가량이 쌍용자동차 공장 옥상에 쏟아져 내렸다. 최루액을 맞은 스티로폼은 녹아내렸다."(51쪽) 나는 쌍용차 사건에 대해 거의 알지 못한다. 기억나는 것은 경사진 건물 옥상에서 전투 경찰이 노동자의 몸을 쥔 채 방망이로 패는 장면과 조현오 당시 경찰청장의 "(재임 중) 가장 자랑스러운 일"이라는 말뿐이다.

'투쟁 기록'은 예상 가능하다는 편견이 있을지 모르겠다. 이 책은 예상을 뒤엎는다. 내용은 일률적이지도 않고 일관되지도 않다. 내가 매일 하는 고민과 비슷하고 모두 내 이야기 같다. 쌍용자동차 사태의 본질은 중국 자본 진출과 국민을 '표적 사냥'한 공권력이다. 이 과정조차 상식적으로 이루어지지 않았다. 책이 아니더라도 아는 일이다. 중요한 것은 이 책이 복합 '장르'

라는 사실이다.

"정비사는 손끝이 눈이라는 말이 있어요. 손끝이 굉장히 발달해요." 이 책은 솜씨 있는 장인(匠人)들의 이야기다. 자동차 정비와 비교할 만한 사연은 아니지만 나도 손으로 하는 모든 일을 좋아한다. 뜨개질, 바느질, 종이 공작, 경필(硬筆), 포장 아트⋯⋯. 손끝이 야무진 사람은 성실하다.

"내 인생의 절반은 차였어요. 그런데 이제 그 절반을 무엇으로 채워야 하는지 모르겠어요." 자동차를 좋아하는 노동자가 그 일을 하지 못하게 되었을 때. 이 책은 인생의 의미와 직업에 관한 이야기다. 나 역시 공부와 글쓰기가 인생의 전부였을 때, 나보다 그것을 '훨씬 못하는' 자들이 진학을 가로막은 적이 있다. 나는 지금도 그들을 탈곡기에 넣고 싶을 만큼 분노한다.

"저놈 있어야 완벽한 차가 나온다는 얘기를 듣고 살았어요. 노조 활동도 안 했고 공장 일은 혼자 다 하는 사람이 왜 해고되어야 하나요." 이 책은 도저히 이해할 수 없는 일을 겪은 사람의 고통스런 이야기다.

정혜윤의 글쓰기는 유독 이 책에서 빛을 발하는데, 유려하면서도 단단하다. 구성이 탄탄한 흥미진진한 소설을 읽는 듯하다. 그는 듣는 자의 위치성을 잘 알고 있다. 상황에 깊이 개입하면서도 대상화하거나 감상적이지 않다. 저자의 주된 질문은 "무엇 때문에 5년간의 길거리 생활을 버틸 수 있었는가?"이다. 생계와 복직, 공권력에 대한 분노, 3년간 동료 22명의 사망⋯⋯.

이것만이 이유였을까. 협업이 중요한 자동차 공장에서 각자가 서로의 몸이 되어 일하던 동료들끼리, 하루아침에 "함께 살자.", "같이 죽자는 말이냐.", "다 죽일 셈이냐.", "다 죽자는 말이냐.", "너 살자고 날 죽이냐.", "차라리 함께 죽자."는 말이 오가는 상황에서 나라면 어떻게 살았을까.

사람은 어떻게 살아지는가. "살면서 두 번 다시 그런 고통을 받지 않기를 바랄 정도로 무시무시한 것은 바로 배신감이었어요. 가장 무서운 것은 사람 마음의 밑바닥을 보는 것이었어요." (35쪽) 배신, 사람의 바닥. 여기서 나는 오래 서 있었다. 사람이 싫어지면 삶은 끝이다.

이들을 살게 한 것은 스스로의 고민과 착한 사람들의 존재 덕분이었다. "내가 고작 비정규직으로 복귀하기 위해 이렇게까지 해야 하나.", "나는 나를 알아요. 나만 살기 위해 냉정해지질 못해요. 나는 어울려야 사는 사람이에요.", "치유 프로그램도 좋지만 우리는 일해야 치유가 돼요.", "잘린 사람들 중에 6백 명 정도만 행방을 알아요. 희망퇴직까지 포함하면 2천 명 넘게 알고 있어야 하는데 우리가 놓치는 게 있어요.", "(분향소 앞에서) 매일같이 고민합니다, 매일같이 생각합니다.", "지금은 미사 때문에 버티는 것 같아요. 수녀님이나 신부님, 신도들, 굳이 저렇게 할 필요 없잖아요. 그 폭우를 맞고 기도하더라고요."

몇 년 동안 매일, 인간의 바닥을 보게 된다면? 병에 걸리거나 죽을 것이다. 사람은 사람 때문에 산다. '나와 사람'이라는 화두를 이렇게 구체적으로 기록할 수 있다니. 드라마 〈미생〉의 영업 3팀이 부러운 이들에게 권한다. 인세 수익은 전액 기부된다. 이 책의 노동자들은 진정한 치유자다. 상처받은 치유자(wounded healer), 위로받을 것이다.

# 극단적 현실

보다 _ 김영하

오랜 시간 찾아 헤매던 말이 정확하게 표현된 글을 읽을 때 살아 있는 기쁨을 느낀다. 김영하의 산문집《보다》에 그런 글귀가 나온다. 그는 영화〈그래비티〉를 보고 우울증에 대해 이렇게 썼다.

"'세상은 점점 나빠지고 있다. 나는 철저하게 혼자이며 무가치한 존재다. 어차피 결국 인간은 죽는다. 아무도 이 운명에서 벗어날 수 없다…….' 우울증 환자들은 인간이 혼자라는 것, 죽을 수밖에 없는 가련한 운명이라는 것을 냉철하게 직시한다는 점에서 극단적으로 현실적이다. '혼자 죽는' 고통을 미리 맛보고 있는 그들에게 삶이 이미 죽음이고 죽음이 곧 삶이다. 다른 사람들과 달리 그들은 죽음으로 이 절대 고독을 끝장내고자 한다. …… 삶의 고통과 의미 없음에 대한 무서운 확신이 있기 때문이다."(94쪽)

이 정확성! 내가 10년 동안 추구한 '말씀'이 거기 있었다. 나는 삼사십 대, 이른바 한창나이에 '원래 해야 할 일'은 하지 않고, 우울증과 자살 연구(?)에 매달렸다. 이룬 것은 없고, 있던 것마저 다 잃었다. 어쨌든 우울과 죽음을 해명하지 않으면 다음 날을 맞을 수 없는 상황이었다. 읽고 만나고 앓고 써댔지만, 글이라 할 수 없는 것들이다.

위 구절은 글쓴이만의 능력이다. 그의 상황은 알 수 없지만, 짧은 경험에도 넘치는 글을 쓰는 사람이 있는가 하면 '저 경험과 학식으로 저토록 못 쓰기도 힘들겠다.'는 생각이 드는 글도 있다. 개인의 능력 차는 당연하므로 차치하고, 그 외 어떤 요소가 다른 결과를 가져오는 것일까. 내 생각에, 그 '답' 역시 저 문장 안에 있다. "극단적 현실".

몇 년 전 중년의 치매를 다룬 영화 〈내일의 기억〉을 보았다. 한산한 조조 영화관에 나, 20대로 보이는 커플, 60대 여성들, 세 팀의 관객이 있었다. 나만 빼고 30분도 안 되어 극장을 나갔다. 젊은이들은 "무슨 얘기야?"라며 어이없어했고, 60대 여성들은 "여기까지 와서 치매를 봐야 하냐."며 짜증을 냈다. 그 덕분에 나 혼자 실컷 감동했다. 치매 소재 영화와 관객의 나이. 자기 현실과 너무 먼 이야기도, 너무 가까운 이야기도 감상을 방해한다. 지식은 중간에서 나온다. 삶이 너무 안락하면 글을 쓸 이유가 없고 너무 고단하면 여력이 없다.

'극단적 현실'의 당사자도 쓰기 어렵다. 현실은 현실이 아니다. 그것은 언제나 '현실적'이다. 있는 그대로의 현실은 누구도 감당할 수 없기 때문이다. 발언은 '현실'을 운전할 수 있는 '현실적인' 상태인 몇몇 인간만의 특권이다. '극단적 현실', 즉 현실에서는 도스토옙스키라도 쓰지 못한다. 홀로코스트 생존자 프리모 레비 같은 이도 있지만, 그는 인간이 어디까지 고통을 견딜 수 있는가를 증명해야 하는 존재로 기대받았고, 결국 자살했다.

글과 글쓴이 사이에는 거리가 있다. 그 거리는 다정하지 않다. 가까울수록 적대적이다. 외면, 길항, 동일시⋯⋯. 당사자가 자기 현실을 쓰려면 공감받기 어려운, 헤쳐도 헤쳐도 계속 달려드는 칡넝쿨을 쳐내야 한다. 타인의 경험은 보이지만 내 경험은 나조차 믿어지지 않는다.

우리가 접하는 대부분의 글은 자기 시각은 없으나, 자기 뜻대로 쓰는 이른바 '객관적인' 것들이다. 세상사를 전유(專有)하면서 스스로를 인간의 기준이라고 선포하는 글. 기회주의와 보신주의를 중립과 보편, 심지어 정론으로 포장한 것들이다. 거리를 '잡는 것'(포지셔닝 혹은 주제 파악)은 극도로 고통스러운 일이다. 거리 두기와 동일시는 자신을 이동시키지 않아도 된다는 의미에서 동일하다. 반면, 자신을 변화시켜야만 가능한 공감과 연대는 어렵다.

정신 질환은 오랫동안 논쟁거리였다. 뇌 기능에 문제가 생긴 신체의 질병이지만, 모든 정신 이상(異狀)은 그 사회가 정의한 정상성의 범주에 따라 저주, 광기, 천재성으로 불려 왔다. 그만큼 현실적인 현실은 정의하기 어려운 문제다. 당사자의 글쓰기는 혁명의 꽃. 그러나 현실을 직시하는 당사자는 오래 살 수 없다. 우울증 환자의 자살이 그것이다. '그들'이 '우리'에게 증명하는 것은 현실이 투명하지 않다는 것, 그리고 인간은 무지와 편견의 보호 속에서만 살아갈 수 있다는 사실이다.

# 고공농성

엄마 냄새 참 좋다 _ 유승하
을밀대 위의 투사 강주룡 _ 박정애
식민지 시대 여성노동운동에 관한 연구 _ 서형실

연휴에 방안을 뒹굴며 〈Jtbc〉 뉴스를 보다가 벌떡 일어났다. 손석희 앵커가 '체공(滯空)'을 주제로 삼아 한국 최초의 고공 농성 노동자 강주룡을 소개하고 있는 것이 아닌가. 이후 SK브로드 밴드·LG유플러스 비정규직 인터넷 설치 수리 기사인 강세웅·장연의 14일째, 스타케미칼 차광호의 267일째(2015년 2월 18일 기준) 고공 농성이 같이 보도되었다.

강주룡(1901~1932년). 짧은 생애를 살았고 자료도 드물지만 사연은 길다. 농사를 짓다가 스무 살에 다섯 살 아래 남성과 결혼했다. 두 사람은 독립운동에 참여했는데 5년 후 남편이 사망한다. 강주룡은 정성을 다해 남편을 간호했지만 시집은 "서방 잡은 년"이라고 그를 중국 공안에 신고했다. 그것도 죄라고 유치장에 있다가 풀려난 후, 친정 식구를 부양하기 위해 고무신 공장 노동자가 된다. 당시 일본 남성의 임금이 1백 원이라면,

조선 여성의 임금은 25원이었다. (2014년 기준 여성의 임금은 남성의 60퍼센트 내외, 여성의 가사노동 시간은 남성의 6배다.)

젖먹이를 옆에 놓고 여성 노동자들은 130도가 넘는 공장에서 고무 찌는 냄새를 견뎌야 했다. 12시간 노동, 성희롱, 욕설과 구타는 기본. 불량품을 만드는 것은 물론이고 코를 풀어도 벌금을 내야 했다. 이런 상태에서 회사가 17퍼센트 임금 삭감을 선언하자 파업, 해고, 구속에 지친 그는 평양의 유명한 정자인 을밀대(乙密臺)에 올라간다.

"우리는 임금 삭감을 크게 여기지 않습니다. 그것이 평양 전체 고무 직공의 임금을 깎는 원인이 될 것이므로 죽기로서 반대하는 것입니다. 평양의 2,300명 동무의 살이 깎이지 않기 위해 내 한 몸뚱이가 죽는 것은 아깝지 않습니다. 내가 배운 지식 중에 가장 귀한 것은 대중을 위해 죽는 것이 가장 명예롭다는 것입니다. 사장이 이 앞에 와서 임금 삭감을 취소하지 않는 한 결코 내려가지 않을 것입니다. …… 이기지 못하면 죽은 거나 다름없으니 죽을 각오로 싸울 뿐입니다." 내가 배운 지식 중에 가장 귀한 것은 대중을 위해 죽는 것. 나는 울컥한다. 중요한 것은 타인을 위해 죽는 것이 아니라 그것이 배운 지식 중 '가장 귀하다'는 그의 마음이다.

을밀대 농성과 지금 투쟁을 비교하는 것은 난센스다. 그러나 공통점은 '이기려고 올라갔다'는 점이다. "극단적 수단", "죽음을 각오한 투쟁", "빨리 내려오길 바란다."처럼 고공 농성에 대한 시선은 다양하지만, 체공 상태는 정상이 아니라는 인식을 공유하고 있다.

나는 하늘과 땅 사이, 체공에 대한 다른 시각이 필요하다고 생각한다. 정확히 말하면 하늘과 땅 사이가 아니라 땅의 연장이다. 지구에 하늘, 땅, 바다가 있다. 포유류인 인간은 바다와 하늘에서 살 수 없다. 사람이 살 수 있는 곳은 땅뿐이다. 그런데 땅에서 살 수 없다면? 쫓겨난다면? 사는 방법은 단 한 가지, 땅에 있는 높은 곳으로 올라가는 것이다. 하늘은 평등하다. '마카다미아 항공기'에 타지만 않는다면 계급, 직급, 성차별은 없다. "신 앞에, 법 앞의 평등"이라는 속임수가 아니라 중력의 법칙이 있을 뿐이다. 그들은 죽음을 각오하고 올라간 것이 아니라 '죽으라'는 현실에 맞서 살려고, 이기려고 올라간 것이다. 생명을 위한 절박한, 당연한 선택이다. 고공으로 도약은 투쟁 수단이라기보다 생존을 위한 최강의 에너지다.

체공자들은 세상에 질문하고 있는지도 모른다. "왜 우리가 내려가야 하는가?", "당신들이 올라오면 안 되는가?" 몸무게도 중력 앞에서는 평등하다. 뚱뚱하다고 먼저 떨어지지 않는다. 고공에 사는 것, 이것은 새로운 존재성이고 지금 그들은 인간의 조건을 실험하고 있다.

하늘을 향한 땅 위는 이(我) 세상도 저(彼) 세상도 아니다. 인간을 적대하는 차별과 분리의 기준, 그 경계에 문제 제기하고 있는 것이다. 프란츠 파농이 이미 말했다. 자기 땅에서 저주

받은 사람들, 대지에서 쫓겨난 사람들(Les Damnes de la Terre, The Wretched of the Earth)이 갈 곳은 어디인가. 땅 위 말고, 이기는 것 외에 방법이 있는가. 이기지 않으면 죽음인데.

# 당신이라면 어떻게 하겠습니까?

더 리더 _ 베른하르트 슐링크

"너라면 어떻게 하겠니?" 이 말은 상황에 따라 의논, 호소, 비난, 질문 등 다양한 의미를 지닌다. 간곡한 몸짓이 보태져야 무슨 뜻인지 가늠할 수 있다. 나라면 어떻게 할까? 내가 상대방이 있는 곳까지 가는 데 얼마나 걸리는지 알 수 없는 데다, 당도해도 그/녀가 그곳에 있다는 보장은 없다. 그런데《더 리더-책 읽어주는 남자》의 질문, "당신이라면 어떻게 하겠습니까?"는 역지사지의 가능성을 묻는 것도 아니다.

케이트 윈즐릿의 명연기로도 잘 알려진 이 걸작은 생각의 전장이다. 역사란 무엇인가를 질문할 수 있다면, 이 소설은 가장 근접한 답이다. 이 작품은 역사란 실상, 역사라고 불리는 것들의 파편이며 그 파편이 더 거창함을 보여준다. 홀로코스트 최전선에서 집행자로 일한 가난한 여성. 그의 생애에는 수많은 구조(계급, 인종, 성별, 앎……)가 교차한다. 교차로는 너무 복잡해서 십자로가 아니라 한 개의 점으로 보인다. 외로운 점. 글을 모르는 여자는 어떻게 사는가. 묵독(默讀)이 불가능한 인간에게 타인의 의미(책 '읽어주는' 남자), 개인과 구조, 가해 집단과 피해 집단 내부의 차이(독일인 빈민과 유대인 지식인 부자), 잊을 수도 없고 버릴 수도 없는 사랑, 죄의식과 그리움이 뒤범벅된 평생의 관계…… 독일 사회의 '과거 청산' 노력 수준을 보여준다는 점에서 부러운 책이다.

주인공 한나는 글을 읽을 수도 없고 쓸 수도 없다. 이 사실을 평생 숨기며 산다. 그래서 홀로코스트에 가담하지 않고도 생존할 수 있는 기회를 스스로 포기한다. 회사원(지멘스)과 사무직 제안이 있었지만 수용소에서 유대인을 감시하는 거친 노동을 한다.

자신을 방어할 수 없는 한나는 문맹이라는 사실을 밝히는 대신 종신형을 택한다. 수치심은 그의 일생을 요약하지만 전범 재판 장면에서 논쟁을 주도하는 근거가 된다. 문맹인 학살의 하수인. 이 조합을 독자에게 묻는 것이다. 그는 가스실로 보낼 이들을 선별하는 작업에 관여했음을 시인한다. 판사는 "당신은 수감자를 죽음 속으로 몰아넣고 있다는 사실을 몰랐습니까?"라고 묻는다. 그는 당당하게 말한다. "아뇨, 알고 있었습니다. 하지만 이전 사람들이 나가야(죽어야) 새로 온 사람들이 지낼 자리가 생기죠." 당황한 재판장은 "사람이 해서는 안 되는 일이 있다."고 말한다.

하지만 우리는 알고 있다. 한나의 반박은 특정 상황에서 인간이 어떻게 해야 하는지를 묻는 것이지, 사람이 해서는 안 되는 일을 몰라서 하는 말이 아니라는 것을. 그가 유대인을 가스실로 보내는 업무를 거부한다면, 다른 사람이 그 일을 했을 것이다. 그의 저항 여부는 핵심이 아니다. '합리적'인 한나는 어이가 없다는 듯 되묻는다. "재판장님, 당신이라면 어떻게 하겠습니까?"(119~121쪽)

가장 일반적인 해석은 '구조 속의 무기력한 개인'일 것이다. 그는 자신의 죄와 그 의미를 잘 알고 있다. 그러나 중요한 문제는 자신이 학살 집단의 일부라는 사실이 아니다. 수용소를 비워야만 다른 사람이 들어올 수 있다는 일상의 노동을 수용해야 하는 문제다.

세상은 그렇게 굴러간다. 삶은 옳고 그름이나 일의 가치를 기준으로 돌아가지 않는다. 인생이란 무엇인가. 그냥 사는 것, 어쩔 수 없는 것이다. 인생의 목적? 의미를 추구하는 삶? 신성한 노동? 이런 가치들은 소통하기 어렵다. 전쟁은 이런 것이 있다는 가정, 즉 정치경제적 이유와 '진리는 하나'라는 확신 때문에 발생한다.

살아 있는 인간에겐 해야 할 일이 필요할 뿐이다. "삶은 지속된다(lasting)"라는 제목의 책, 영화가 많은 것은 우연이 아니다. 삶에 목적은 없다. 의미는 있을 수도 있고 없을 수도 있다. 먹기 위해 사는가, 살기 위해 먹는가라는 반성은 필요 없다. 당연히 먹기 위해 산다. "죽느냐 사느냐, 이것이 문제로다."는 우울한 인간만의 고민이 아니다. 이 질문만이 유일하게 쓸모 있다. 삶 자체가 의미라면 그걸로 만족스러운 것이며, 일상의 괴로움과 외로움으로부터 조금 자유로울 수 있을지 모른다. "당신이라면 어떡하겠습니까?" 한나의 질문은 삶이란 최악이자 최선이라는 본질을 폭로한다.

# 길, 균도(均道)

우리 균도 _ 이진섭

어떤 페미니스트들이 나를 "무식, 사이비, 제도권", "교수도 아닌 사람이 여성주의 대표로 행세한다."고 비판했다. 나는 그들이 말하는 '교수님'들의 제자인데. 어쨌든 딱히 틀린 말도 아닌 듯하여 필자 소개를 '평화학 연구자'로 바꾸었다. 이번에는 "변절자, 기회주의자"라는 비판이 날아왔다. 애초부터 훼손할 순절(純節)도, '~주의자'를 자칭한 적도 없는데……. 아, 뭐라고 하지? 동생이 한마디로 상황을 정리해주었다. "넌 귀가 얇아서 탈이야."

당분간만이라도 크게 틀리지 않을 자기소개를 고민하다 보니, '건강 약자'가 적합한 듯했다. 나는 오랫동안 질병을 앓고 있고 장애도 있다. 몸 이슈에 관심이 많아서 장애 관련 신간은 거의 구입하는 편이다. 《우리 균도-느리게 자라는 아이》는 2011년 '발달 장애 1급 자폐아' 이균도와 그의 아버지 이진섭

이 부산 시청을 출발해 서울 보신각에 이르기까지의 투쟁 기록이다. "KTX를 타니 두 시간 반. 그 거리를 39박 40일로 느리게 살았다."(120쪽) 20대 중반의 청년이 왜 자폐'아'일까. 자폐증 환자는 모두 '아이'에 머문다는 생각. 이 책이 널리 읽히기를 희망한다. 장애인 가족, 발달장애, 자폐에 대한 선입견을 내려놓고 읽는다면 훌륭한 경험이 될 것이다. 이 단어들은 고정된 이미지가 너무 강해서 독서에 실패하기 쉽다.

장애의 90퍼센트 이상은 후천적 이유로 발생한다. 누구나 장애인이 될 수 있다. 이균도의 가족은 아버지는 직장암, 어머니는 갑상샘암, 외할머니는 위암을 앓았다. 이들은 소송을 거쳐 고리 원자력 발전소의 방사능 피해 개연성을 인정받았다.(구자성, 215쪽) 이 정도면 후천적 사고가 아니라 국가 폭력이다.

부자가 길을 나서자 사람들이 쳐다본다. 경적과 모래바람은 다른 이들에게도 마찬가지지만, 쏟아지는 환호와 갑작스런 시선("균도와 세상 걷기 경북도 같이합니다."), 아들의 배낭끈을 놓쳐서는 안 되는 아버지의 평생은 길과 삶이 분리되어야 함을 보여준다.

삶과 실제 길은 다르다. 길을 인생에 비유하는 것은 모든 이에게 길이 있다는 착각을 준다. 가지 않은 길, 걸어온 길, 여정, 우회, 마이 웨이, 길을 잃다……. 정도(正道)는 바름을 의미하지만 '정도(定道)', '정상' 개념에서 자유롭지 않다. 그러니 그의 이름처럼 균도(均道)가 맞다. 정도 때문에 장애가 문제가 된 것이다. 사는 길('살 길'이 아니다)이 없는, 길이 막힌 사람에게 길은 비유가 될 수 없다. 이동의 자유를 박탈당하면 길에 나서는 것 자체가 삶의 목표가 된다. 길은 수단, 방법, 도구를 뜻하기도 하지만 목적이 다른 이에게는 더욱 비현실적인 비유다. 이처럼 비유는 종종 비윤리적이다. 수전 손태그는 자신의 암이 다른 것으로 은유될 때, 사회적 낙인과 실제 고통이 무시되는 현실을 썼다.

이처럼 인생=길이라는 통념은 다양한 경험을 이해하는 데 방해가 된다. 상투성의 원단, 프로스트의 시 〈가지 않은 길〉은 단지 선택하지 '않은' 삶일 뿐이다. 선택할 수 '없는' 이들에게는 갈 수 없는 길이고 이미 삶이 아니다. 외출 준비에 한나절 이상 걸리는 장애인, 여성이 피하는 밤거리, 치매와 광장공포증 환자에게 길은 도전이자 치열한 정치다. 비장애인의 걷기, 걷기 투쟁이 많지만 이진섭, 이균도 부자에게 길은 그들과 같지 않다. 이 책은 길의 의미가 사람마다 얼마나 다른지를 생각하게 한다.

장애인이나 아픈 사람, 화상 환자, 우울증 환자가 집 밖으로 나오는 것이 얼마나 어려운 일인지를 어떻게 설명해야 할까. 우리나라처럼 거리에서 장애인을 보기 힘든 사회도 드물 것이다. 구조적, 심리적으로 '총을 든 간수'가 곳곳에 완강하다. 성형 시술이 성별 이슈로 한정되는 것은 부정의하다. 몸의 외형과 기능 문제로 고통받는 장애인은 외모주의의 가장 큰 이해 집단이다.

성형은 장애인 인권과 분야별 의료 서비스 편중, 공중 보건 차원에서 논의되어야 한다.

길과 집이 메타포가 되어서는 곤란하다. 길이 안전하지 않으면 집도 안전하지 않다. 가정 폭력은 '험한 세상'에 나갈 수 없다는 두려움을 볼모로 작동한다. 안전한 집과 안전한 길. 장애인 복지? 가장 기본적인 인간의 조건일 뿐이다.

# 사람 곁에 사람

사람 곁에 사람 곁에 사람 _ 박래군

20대에 엔지오에서 일할 때 성격 유형(MBTI) 검사를 받았다. 다른 부분은 특이할 것이 없었는데 '에너지 방향'에서 극단적인 그래프가 나왔다. 외향적인 사람과 내향적인(introversion) 사람이 있는데, 나는 그 부분에서만 치우친 'I'형으로 매우 내성적인 사람이라는 것이다. 주위에 사람이 많으면 기력이 떨어진다.

서울구치소에 구금되었던 수형자 번호 72번, 박래군의 책 《사람 곁에 사람 곁에 사람－인권운동가 박래군의 삶과 인권 이야기》의 제목에는 '사람'이 무려 세 번 나온다. 제목처럼 왠지 저자는 사람에 대해 나오는 다른 철학이 있을 것 같다. 한두 번 눈인사만 나눈 사이인데, 1년 전쯤 내 이름을 밝히고 뜬금없이 그에게 문자를 보냈다. "선생님께서는 우리 사회 진보운동의 가장 큰 문제가 무엇이라고 생각하십니까?" 황당했을 텐데 바로 답이 왔다. "관성과 패거리 문화라고 생각합니다."

이 책은 인권운동사랑방의 등장, 에바다복지회 사건, 용산 참사, 통합진보당 사건을 포함한 지난 30년의 한국사다. 당사자가 아니면, 아니, 당사자도 믿을 수 없는 일들. 억울하고 기가 막혀 "어떻게 사람이⋯⋯." 이런 말이 절로 나오는, 몸이 분(憤)을 이기지 못하는 일들. 나 같은 사람은 투쟁은커녕 현실을 바라보는 것조차 힘이 빠지는 그 길을 헤치고 또 헤아려 온 그는 담담하다.

가장 인상적인 부분은 전형적인 수배 생활과 거리가 먼 "매우 특수한 수배 생활"(233~241쪽)이었다. 용산참사와 관련해, 장례식장에서 수배 생활을 한 까닭에 많은 사람들이 수시로 찾아왔다. 지지 방문에 시달린 그는 너무 피곤한 나머지 찾아온 이들 앞에서 잠든다. 그렇게 장례식장에서 6개월, 영안실에서 4개월을 버텼다.

나는 그의 낙관적이고 성숙한 자세가 그저 "나는 한이 많은 사람입니다. 그러다 보니 노래도 슬픈 노래, ⋯⋯ 이별의 노래에 공감합니다. 하지만 세상 사람들은 즐거운 것, 재미있는 것을 좋아합니다. 나 슬프다, 그러니 같이 울어 달라 하면 외면받더군요."(7쪽) 같은 깨달음에서 나온 대처라고 생각하지 않는다. 내가 이 책을 사서 읽은 이유는 오로지 하나. 그는 왜 지치지 않을까, 사람이 지겹지 않을까, 어떻게 계속 저렇게 살 수 있나, 왜 망가지거나 타락하지 않았을까. 그것이 궁금해서다.

인생에서 비판 면죄부를 받은 사람은 없다. 망자도 비판받는다. 글을 쓰는 사람이나 사회운동가는 더욱 그렇다. 하지만 이들은 대체로 어느 방향에서의 비판이든 수용하지 못하는 경향이 있다. 자신은 희생하고 있으며 남다른 도덕성이 있다고 자부하는 것이다.

인생의 어느 장면에서나 사람, 인간관계가 문제지만 특히 사회운동에서 사람은 '모든 것'이다. 아무리 '구조적 문제'여도 동시에 '결국은 사람이 하는 일'이다. 국가가 역할 자체를 팽개친 자본 중심의 지구화 시대. 모든 행위자들의 자율적 영역이 확대되기 시작했다. 나는 오버하는 가해자('하수인')와 피해자의 악(惡), 저항 세력의 출세주의를 자주 목도한다. 달라진 사회운동의 일면이다.

박래군을 찾아오는 사람들은 '뭔가 억울한 일을 당한' 이들이다. 감히 병렬적으로 쓰자면, 나를 찾아오는 사람들은 비판이 불가능한 사회운동 내부의 문제를 호소하는 이들이 많다. 내가 서른 살에 단체 활동을 그만둔 이유는, 사람이 하는 일과 사람의 질은 반비례할 수도 있다는 현실을 깨달았기 때문이다. 원래 문제가 많은 사람이 사회운동으로 도피하거나 삶의 진지로 작정한 경우도 있고, 활동 과정에서 망가지고 타락하는 경우도 있다. 물론 어느 집단에서나 있을 수 있는 자연스런 인간사다. 다만, 이 바닥은 아주 뛰어난 은폐 논리를 지니고 있다. 그러다 보니 나도 어리석은 줄 알지만, '깨끗한 영웅'을 찾아서 혐인증(嫌人症)을 치유하고 싶은 것이다.

세월호 사건에다 보복성 기소까지. 박근혜 정권에 대해서는 몸서리치는 것 외엔 할 말이 없다. 나는 지극히 이기적인 이유에서 그에게 물어보고 싶다. 사람 곁에 꼭 사람이 있어야 하나요? 선생님은 사람이 좋습니까? 사람 때문에 인생이 난파된 이들은 어떻게 살아야 합니까…….

# 몸의 일기

몸의 일기 _ 다니엘 페나크

《몸의 일기》에는 개인의 몸과 세계가 물감처럼 퍼져 액상(液狀)을 이루고 있다. 읽는 사람은 그 과정을 볼 수 있다. 그래서 가슴 아프고 신비롭다. 내 생애를 조금 떨어져서 바라보는 느낌이랄까. 작가의 감수성과 뛰어난 표현력, 그리고 몸의 생애가 주는 감동 때문일 것이다. 한편 나는 흥분했다. 이 책은 토머스 홉스의《리바이어던》을 전복한다. 고전을 교체할 시기가 왔다!

'나의 일기'가 아니라 '몸의 일기'일까. 성폭력 추방운동 구호 중에 "내 몸은 나의 것이다."라는 표현이 있다. 맞는 말 같아 보이지만, 정확하게는 "내 몸은 나다."라고 해야 한다. "내 몸은 나의 것"일 때는 이미 나와 몸이 분리된 상태다. 내가 내 몸을 소유하고 있다는, 여전한 몸과 마음의 이분법이다. 몸 위에 이성(머리)이 있어서 머리가 몸을 통제한다는 논리.

이 책이 나의 일기가 아니라 몸의 일기인 이유다. 몸(이성, 영혼, 신체, 감정, 생각……)이, 나다. 프랑스 작가 다니엘 페나크는 12살(1936년)부터 88살(2010년)까지 몸의 일기를 썼다. 이 책은 소설의 형식을 취하고 있지만 시, 일기, 에세이, 역사서, 이론서로 읽어도 손색이 없다.

몸은 현대 사상의 첨단 이슈다. 몸에 대한 인간의 인식 변화, 몸 자체의 신체적 작용, 몸과 사회의 관계가 모두 몸으로 증거되면서 몸은 살아 있는 앎의 보고가 되었다. 몸 자체가 인식자이며, 사회가 몸에 어떤 권력을 행사하고 인간은 어떻게 대응하는지, 신체는 환경과 더불어 어떻게 자연을 변화시키는지.

우리는 모두 각자 다른 몸들이다. 같은 성별이라도, '장애인'으로 분류되어도, 같은 몸은 없다. 몸의 다름이 정치의 근거가 되어야 한다. 사람들이 가장 오해하는 말, "사는 대로 생각하지 말고 생각하는 대로 살자."는 최악의 구호다. 인간은 평생 자기 생각에 다다르지 못한다. 생각은 몸의 배신자. 늘 타인의 시선과 욕망에서 자유롭지 못하기 때문에 머리(희망 사항)만 '앞서' 간다. 오히려, 사는 대로 생각해야 한다. 모든 망상, 이데올로기, 거대 관념이 무너질 것이다. '저 높은 곳을 향하여'가 아니라 삶 자체를 사상으로 만들어야 한다. '머리로는 이해가 되는데 몸이 안 움직이는 사람'은 머리가 없는 사람이다.

홉스의 《리바이어던》이 그토록 자주 인용되고 고전으로 상찬받는 이유는 근대 이행기에 인간이 고안한 '유일한' 삶의 양식, 국가의 설계도를 제시했기 때문이다. 관념으로서 상상의 공동체인 국가를 상세히 묘사하면서 실체(entity)로 만든 것이다. 보이지 않는 것을 보이게 만드는 데 몸만 한 비유가 어디 있으랴. 《리바이어던》은 처음부터 끝까지 몸 이야기다.

사회 조직은 몸에 비유될 때(政體), 즉 물리적 실재라는 가정에서만 통치가 가능하다. 유기체는 한 생물, 한 단위이다. 생물 하나가 단독자로서 전체다. 그래서 전체주의와 개인주의는 정반대처럼 보이지만 실은 같은 사고다. 전자는 전체가 한몸이고, 후자는 개인이 한몸이다. 당연히 (개인의) 인권 사상으로는 국가주의를 이길 수 없다. 작은 개인과 큰 개인 중 누가 희생해야 하겠는가. 국가가 한목숨인데 어떻게 타인·이견·차이가 인정되겠는가. '국가안보, 적, 간첩, 국론 분열'이 언제나 통하는 이유다.

《몸의 일기》는 구구절절하다. 한 권의 책이라기보다 한 줄의 인생. 개미가 성(城)을 공략한다. 가장 급진적인 개미는 여성, 장애인, 동성애자다. '이등 시민'이 몸의 일기를 쓰기 시작하면 문명은 차마 고개를 들지 못할 것이다. 사회가 이들이 말하는 것을 그토록 두려워하는 이유다. 저자는 여성의 일기가 몹시 궁금하다고 했지만, 여성의 일기는 "엄마 배 속에서 죽었어요."(여아 낙태)로 시작될 것이다.

# 평화

### 나는 평화를 기원하지 않는다 _ 김재명

　머칠 전 '여성, 평화, 환경'의 연관성을 공부해보자는 무모한 소모임이 있었다. 세 주제의 공통점은 하나의 학문이 아니라 총체적 인식론이라는 점, 사전식 정의가 불가능하다는 점, 우리 사회에 간절한 언어지만 가장 연구 집단이 부족하다는 점이다. 글 중간에 갑작스런 사족이지만, 간혹 내게 "여성학자냐 평화학자냐 변절자냐."고 심문하는 이들이 있는데, 여성학과 평화학은 같지도 않고 다르지도 않다. 굳이 말한다면, 나는 여성주의 시각의 평화를 지향한다.

　모임이 끝나고 이 책이 생각났다. 부제는 '국제 분쟁 전문가 김재명의 전선 리포트'. 출간된 지 15년이 지났으니 저자의 입장이나 지역 상황도 변했겠지만 앞선 문제 의식은 여전히 돋보인다. 저자는 '제 나름대로 안정된 직장'에 다니다가 1996년부터 분쟁 지역 취재 기자로 일하고 있다. 이미 여러 권의 저서와 집필 활동으로 널리 알려진 전문가다. 읽는 것도 이렇게 괴로운데 쓰는 사람은 어땠을까. 저자는 분쟁 지역에 입국하는 과정을 '고문'이라고 표현한다. 취재는 또 다른 전쟁. 특히 타인의 고통을 증언하는 임무는 입국 절차를 넘는 고문이었을 것이다.

당연히 에스파냐 내전에 참가한 헤밍웨이의 《누구를 위하여 종은 울리나》의 영화 주인공 게리 쿠퍼는 없다. 〈블러드 다이아몬드〉나 〈블랙 호크 다운〉 같은 영화는 정세를 알고 나면 보기 힘든 텍스트다. 일단 나는 전쟁, 테러, 내전, 분쟁(armed conflict)의 구분에 동의하지 않는다. 피해자의 입장에서는 차이가 없다. 이 책에 등장하는 12개 지역의 상황을 어떻게 개념화할 것인가. 정의의 '전쟁'과 자살 폭탄 '테러'의 위계는 누가 정하는가. 카슈미르, 코소보, 관타나모 지역 주민에게 국경의 의미는 무엇인가.

"팔레스타인 여성들은 이스라엘의 정치적 억압과 경제적 봉쇄, 그리고 가정 폭력과 10명이 넘는 아이를 낳는 전통에 시달린다."(74쪽), "내전(종족 분쟁, 대규모 강간)의 새로운 형태를 보여준 보스니아에서는 주택의 40퍼센트가 무너지거나 불에 탔다."(131쪽), "시에라리온은 내전과 에이즈 때문에 평균 연령이 34.2세다. 영국 식민지 시절 육군 상병이었던 '포데이 산코'라는 남성은 1991년 '혁명'인지 '내전'인지를 일으켰다. 산코의 부하들이 도끼로 주민들의 손목을 자르는 일이 성행했다. 손이 없다면 투표를 못할 것이라는 '전술'의 일환이었다."(265쪽)

사실 이 책을 구입하게 된 계기는 제목을 잘못 읽어서다. "나는 평화를 기원하기보다 목숨 걸고 싸우는 약자의 정의가 승리하기를 간절히 바란다. 연대의 기록이라는 의미에서, 나는 평화를 기원하지 않는다."(18쪽) 평화는 투쟁이라는 저자의 시각이 반가웠다. 오인한 제목은 "평화를 믿지 않는다"였다. 나는 평화를 믿지 않을 뿐 아니라 평화를 기원하는 사람도 믿지 않는다. 평화? 세상에 그런 것은 없다. 평화는 인간의 심장이 꺼질 때에야 찾아온다.

모든 이의 소망이 이루어질 수 없는 것처럼 모든 이의 평화도 가능하지 않다. 전통적인 국제정치학에서 전쟁과 평화는 같은 말이다. 평화의 어원은 침략자, 강자의 승리를 뜻한다. 공격 후 민사 작전, 다시 말해 점령 지역을 평정(平靜)하여 반란을 진압한다는 뜻의 'pacify'에서 'peace'가 나왔다. 우리말의 평화(平和)는 1889년 창립된 '일본평화회'의 기관지 〈평화(平和)〉에서 온 것이다. 그런 면에서 평화가 'peace'보다 낫다. 하지만 '화(和)'가 온누리에 '평(平)'할 수 있을까.

전쟁은 없지만 굶주림과 폭력이 만연한 상태, 가진 자의 마음이 평화로운 사회, 여성의 목소리는 불편하다는 진보 남성이 많은 사회를 평화라고 생각하는 사람은 없을 것이다. (그 모임엔 있었다.) 평화는 상태가 아니라 관계다. 아프고, 슬프고, 외롭고, '버림받은' 사람들이 서로를 알아보는 순간의 위로. 나는 그런 평화를 기원하고 믿는다. 이것이 우리에게 허락된 유일한 평화다.

# 반짝이는 박수 소리

반짝이는 박수 소리 _ 이길보라

　　나의 일상적 고민이자 공부 주제는 질병과 장애의 경계다. 몸의 불편과 고통은 비슷한데, 어디까지가 장애이고 어디까지가 질병일까. 낫지 않은 질병은 장애인가. 이는 장애 내부의 차이가 장애/비장애의 차이보다 크기 때문에 발생하는 '차이의 정치'의 좋은 예다. 심각한 질병을 앓고 있는 사람의 육체적 고통은 6급 장애인보다 '더 장애인'일 수 있다. 그렇다면 장애란 어떤 상태인가, 누가 정의한 것인가. 일반화가 불가능한 영역, 타인의 고통에 대한 윤리, 몸(=이성)의 모든 이슈. 장애는 철학의 시작이다.

　　나는 만성 지병이 있는데 증상 중 하나가 소음을 견디지 못하는 것이다. 외출할 때마다 귀마개를 가지고 다닌다. 두통이 동반된다. 대화, 차량, 음악에 따라 반응 정도가 다양하고 일관성이 없다. 심할 때는 옆집 티브이의 야구 중계, 윗집의 핸드폰

진동 소리까지 들린다. 나의 정체성 중 하나는 장애인이다.

성별, 장애, 외모의 위계는 몸에 대한 사회적 해석이다. 의학과 인식의 변화에 따라 범위가 달라진다. 청각장애인 커뮤니티에서는 '장애' 대신 '농인'과 '청인'으로 구별한다. 농(聾)문화와 청(聽)문화는 정상과 비정상의 문제가 아니라 문화의 차이일 뿐이다. 농인만의 농문화가 있고 수어(手語)라는 고유한 언어가 있다. '우레와 같은 박수소리'는 음성 언어에서만 가능한 표현이다. 수어에서 박수는 두 팔을 들어 손을 반짝반짝 흔드는 '고요한' 행위다. 이 박수 소리는 소리로 환원되지 않는다. 수어의 표현력은 두 눈 맞추기, 몸짓, 얼굴 표정을 포함하며, 음성 언어보다 훨씬 풍부하다.(190쪽)

《반짝이는 박수 소리》는 코다(CODA, Children of Deaf Adults) 청년의 이야기다. 코다는 농인 부모에게서 태어나 자란 청인을 말한다. 영화감독이자 뛰어난 글쟁이기도 한 저자 이길보라는 부모 성을 함께 쓴다. 그는 농인 이상국과 농인 길경희의 딸이다.

나는 이 책을 읽으면서 공감과 분노와 결의에 벅찼다. 어쩜, 인간이 이렇게 훌륭하게 잘 성장할 수 있을까, 그의 부모는 얼마나 자랑스러울까. 마치 그가 내 딸인 듯 감격했다. 우리 엄마도 나를 이렇게 생각하셨을까.

농인인 부모가 겪는 불편과 서러움, 어딜 가나 자신을 설명해야 하는 처지, 부모를 벗어나고 싶은 마음, 엄마를 보살펴야 하는 시간과 자기 성장의 갈등. 감히 동일시가 허락된다면, 모두 내 이야기 같았다. 동명의 다큐멘터리 영화를 만든 그는 감독과의 대화(GV)를 준비한다. 정신이 없다. 그런데 상황이 궁금한 엄마는 계속 문자를 보낸다. 그는 평생 엄마의 유일한 통역자였다. 엄마와 싸운다.(235~240쪽)

그는 절대 울지 않겠다고 다짐한다. "나는 아마추어지만 절대로 GV때 아마추어 감독처럼 보이고 싶지 않았다." 이 기시감. 나는 이 부분을 읽으면서 외쳤다. "왜 보라씨 말고 다른 사람들은 수어를 안 배우는 거야!" 우리집과 똑같다. 나는 바빠 죽겠는데 엄마는 나만 찾았다. "엄마, 다른 사람도 있잖아!" 할 일은 많고, 엄마를 사랑하고, 씩씩하게 보여야 하고, '정치적으로 올바른' 딸들은 다 이렇게 살아야 하는가.

나는 페미니스트지만 타인이 나를 페미니스트로 규정할 때는 분개한다. 저자는 훌륭한 코다지만 세상이 그를 코다로 가두려 한다면 같이 싸울 것이다. 자기는 아무것도 안 하면서 소수자에게 이래라저래라 하는 사람들이 있다. 코다, 여성 모두 부분적인 정체성이다. 그것도 '우리'가 정한다. 그가 예술가로서 완전한 자유를 누리기를 바란다.

평소 내가 추천하는 여성학 입문서는 《지금 이대로도 괜찮아》, 《나를 대단하다고 하지 마라》, 《손끝으로 만나는 세상》처럼 주로 장애 관련 책이다. 농인은 외국어를 사용하는 소수 민족이고 장애는 국경선이다. 문제는 장애가 아니라 정상성이다.

추천서 한권이 더 생겨서 기쁘다. 특히 세상 안과 밖을 넘나들고자 하는 10대, 20대에게 권한다.

# 과거를 떠나보내는 용기

꿈에게 길을 묻다 _ 고혜경

오승욱 감독의 영화 〈무뢰한〉(2014년)을 보고 또 보고 있다. '술집 여자'(전도연 분)는 단란주점 홍보용 사탕 봉지를 접다가 호출을 받고 나간다. 형사(김남길 분)는 여자의 칼을 맞고 "나는 내 일을 한 것뿐이지, 당신을 배신한 게 아냐."라고 말한다. 두 장면은 빚이 5억인 여자의 현실과 남자의 죄의식과 혼란을 요약한다. 빚과 죄의식은 과거의 상징, 이들의 현재는 과거의 후유증일 뿐이다. 외로움과 생존의 질서(무뢰한, shameless)에 의존해 과거 위에 주저앉아 있다. 주인공과 같은 처지, 아니 과거 집착형 인간인 나는 이 영화가 너무 좋다. 얼마나 사는 인생이라고 그 어려운 '극복'을 하고 살아야 하나.

과거의 연속이 나다. 그러니 삶은 언제나 과거다. 과거를 어떻게 지고 갈 것인가. 경험의 차이도 크고 개인의 역량도 변수다. 나는 한심하게도 특정한 종류의 인간형을 경멸하는 데 열정을 쏟는 '뒤끝의 끝판왕'이다. 그 증오가 현실화될 리 없으니 민폐와 망신을 반복한다. 과거의 모욕이 상기될 때마다 두기봉의 〈흑사회〉 시리즈와 코언 형제의 영화 〈파고〉에 나오는 믹서기나 탈곡기에 '웬수'를 갈아버리는 꿈에 시달린다.

나의 사소한 과거도 이토록 괴로운데 그 과거가 4·3 사건, 광주민주화운동, 세월호 참사처럼 집단 폭력이 만들어낸 것이라면? 개인의 힘으로 빠져나올 수 없다면? 《꿈에게 길을 묻다》는 신화학자이자 그룹 투사 꿈 작업가인 저자가 '광주트라우마센터'에서 만난 '5월의 꿈'(1980년 5월의 악몽)을 꾸는 이들과 "트라우마를 넘어선 인간 내면의 가능성을 찾아"(부제) 나선 기록이다. 이후 여성들의 이야기가 나오기를 기대한다.

그날 이후 35년 만에 이런 책이 나왔다. 관련 전문가가 절대부족한 한국 사회에서 저자의 사명감과 헌신, 녹취록이라는 까다로운 원고를 역사의 한 페이지로 만든 편집자의 정성이 나를 부끄럽게 한다. 널리 읽히길 바란다. 이 시대가 그토록 바라는 치유의 실마리가 여기 있다. 융 전문가인 저자가 거듭 강조하는 바는 좋은 꿈, 나쁜 꿈이 따로 있는 것이 아니라 "꿈은 우리 내면의 진실을 속삭인다."는 것이다.

내가 가장 공감한 말은 "삶은 과거를 떠나보내는 용기를 필요로 합니다."(214쪽)이다. 우리는 왜 과거에서 벗어나지 못하는가. 답은 간단하다. 과거가 나보다 세니까. '과거와 나'라는 저울이 있다면 압도적으로 과거로 기울어진다. 균형이 안 잡히니 현실 적응이 안 되고 아프고 스스로 세상을 버린다. 용기가 필요하지만 누구나 용기를 내지는 못한다. "정글에 갓난아기가 옷도 없이 버려져 있었어요. 뱀과 해충이 우글거리는데 그 장면을 보면 누구나 아이를 안아 올린대요. 그런데 아이 몸에 지뢰가 연결되어 있고 아기를 구하려던 사람들은 모두 죽거나 팔다리가 떨어져 나가요."(190쪽). 베트남전에서 이런 경험을 한 사람이 과거를 떠나보내기가 쉬운 일이겠는가. 나는 극복하는 사람이 정상으로 간주되는 사회가 더 끔찍하다.

5·18 관련자들만이 아니라 악몽으로 일상생활이 불가능한 병을 앓고 있는 이들이 있다. 악몽의 주된 내용은 마비다. 의식은 있으나 손이 묶여 아무것도 할 수 없는 상태. 가장 비열한 폭력, 두 사람이 한 사람의 사지를 붙잡고 다른 한 사람이 묶인 이를 맘대로 때리게 하는 구조. 피해자에게 완벽한 무기력을 경험케 하는 것이다. 그다음, 사람들은 '국민'의 이름으로 피해자를 비난한다.

이 책의 필독 그룹 중 하나는 정치인들이다. 역사적으로 박정희를 비롯해 대통령은 호남에서 '만들었지만', 디제이(DJ)를 포함해 노무현까지 사연은 달랐으나 호남의 양팔을 묶고 이를 "전국 정당", "지역 감정 해소"라고 주장했다. '약자'가 '약자'를 강자에게 내주는 것. 5·18의 시작은 전두환의 총칼이었지만 이후의 폭력은 칼보다 더한 '말'이었다. 이 책은 그 악몽을 극복하려는 이들의 용기의 기록이다.

# 감정 이입

멀고도 가까운 _ 리베카 솔닛

지금 이 시대를 견디는 요령 중 하나는 매사에 반응하지 않는 것이다. 아파도 위로를 구하지 않으며, 남의 고통도 모른 척한다. 내가 당하는 모욕과 상처, 타인의 호소, 분노와 절망의 세상사에 반응하다가는 열사(열받아 죽음. 熱死)하기 십상이다. 반응은 용감하지만 두렵고 책임져야 하는 삶이다. 사람들은 "잊어라.", "신경 쓰지 마라.", "티브이 채널을 돌려라." 하며 공모한다. 매일 '모른 척' 여부를 놓고 씨름하지만 우리는 알고 있다. 고통에는 목적이 있음을. 고통이 없다면 위험에 처하게 된다. 느낄 수 없는 것은 돌보지 않기 때문이다.(151쪽)

운이 좋다면 반응하는 삶이 고난의 늪을 건너게 해주고 나를 타인과 연결해줄 수 있다. 이것이 개인적이면서도 사회적인 치유, '멀고도 가까운(The Faraway Nearby)' 이야기다. 이 책은 이야기에 대한 독특한 통찰이자 무수한 잠언으로 가득 찬 에세이다. 서평 쓰기가 폭력적으로 느껴지거나 메모하다가 지치는 책이 있는데 이 책이 그렇다. 요약도 소개도 쉽지 않은 깊은 사유다. 그나마 한국어 부제가 나를 도와준다. '읽기, 쓰기, 고독, 연대에 대하여'.

위 네 가지에 도달할 수 있는 진입로는 감정 이입(感情移入, em/pathy)이다. 대개 공감(共感, sym/pathy)이라고도 하는데, 감정 이입이 정확한 표현이다. 우리말에서 공감이 공정하고 사회적인 어감이 강한 반면, 감정 이입은 들어가서는 안 될 곳에 들어가는 듯한 '감정적'이라는 느낌을 준다. 그래서 더욱 '이입'이 중요하다.

감정 이입은 글자 그대로 감정이 이동하여 다른 곳으로 들어가는 일종의 여행, 공간적 단어다. 하나의 장소가 곧 하나의 이야기가 된다. 이야기는 지형을 이루고, 감정 이입은 그 안에서 상상하는 행위다. 감정 이입은 이야기꾼의 재능이며, 이곳에서 저곳으로 건너가는 방법이다.(13쪽) 남의 이야기를 듣는다는 것은 어떤 경험일까. 함께 느끼고, 상대를 위해 느낀다. 고통받는 사람에게 감정 이입하는 경청은 나도 당사자가 되는 '엄청난' 일이다. 감정 이입이란 자신의 테두리 밖으로 나와서 여행하는 과정, 자신의 범위를 확장하는 일이다. 감정 이입을 두려워한다면 성장할 수 없다.

타인의 속으로 들어가야 타인의 현실을 알 수 있다. 이 말은 시각적이다. 단어의 어근 'path'는 그리스어에서 열정이나 괴로움을 뜻한다. 비애(pathos), 병리학(pathology), 동정(sympathy) 같은 단어의 어원이 모두 같다. 감정이 '오솔길'을 뜻하는 고대 영어 'path'와 동음이의어라는 사실은 우연이지만, 나는 그렇게 생각하지 않는다. 감정 이입은 우리가 어떤 것에 관심을 쏟고 그것을 보살피면서 어떤 곳에 가보고 싶은 욕망의 여정이다.(296쪽)

'이야기'는 곧 읽기와 쓰기다. 반응하지 않는, 감정 이입 없는 글쓰기는 불가능하다. 그러지 않아야 더 잘 쓸 수 있다고 말하는 사람들도 있다. 그런 주장을 하는 사람의 뇌는 진공 상태다. 글이란 자기 생각을 외부로 물질화하는 일인데, 생각이 없다면? 생각 없는 글쓰기가 가능하고 심지어 널리 읽히는 세상이다. 나도 이 글을 쓰면서 책의 핵심적인 내용은 피했다. 생각하기 힘겨웠기 때문이다. 엄마와 딸, 죽어 가는 엄마의 이야기.

이 책의 지은이는 미국의 유명 작가이자 역사가이자 사회운동가인 리베카 솔닛이다. 남성을 '꼰대'로 규정했지만 여성의 구매력을 보여준 베스트셀러, 《남자들은 자꾸 나를 가르치려 든다》의 저자이다. "가르치려 든다"는 너무 점잖은 번역이다. 인간은 남녀노소 불문하고, 모든 사람으로부터 배워야 한다. 남자들의 진짜 문제는 가르칠 것이 없다는 사실 아닐까.

# 오직 엄마

나는 가해자의 엄마입니다 _ 수 클리볼드

인생은 인생 나름의 계획이 있다지만, 인간의 입장에서는 절대로 일어나서는 안 되는 일이 있다. 나의 경우 아주 어렸을 때는 성폭력이었고, 지금은 사랑하는 사람을 잃는 일(배신이나 죽음)이다. 《나는 가해자의 엄마입니다》의 지은이는 그런 일을 겪은 사람이다.

학교 총기 난사의 전범이 된 사건. 1999년 4월 20일, 에릭 해리스(18세)와 딜런 클리볼드(17세)는 총과 폭탄으로 무장하고 미국 콜로라도주 소재 콜럼바인 고등학교에 들어가 학생 12명과 교사 1명을 살해하고 24명에게 부상을 입힌 후 자살했다.

저자는 가해자이자 자살로 생을 마감한 딜런의 엄마다. 이후 16년. 그는 어떻게 살았을까. 나처럼 생각한 이들이 많았는지, 첫 페이지부터 다음과 같은 문장이 독자를 맞는다. "정말로 나는 고통, 너와 평생을 같이 살아야 하나—내 불, 내 침대를 같이 — 아, 끔찍하게도 — 머리를 같이 쓰며? — 게다가 내가 먹으면 너까지 먹이면서?" 딜런은 전형적인 중산층 가족, "어렸을 적부터 다른 사람에게 도움이 될 때 기분이 좋았다."는 선한 엄마와 아들과 대화를 좋아하는 아빠 밑에서 말썽 없이 자랐다.

친구들과 이 책의 주제에 대해 이야기했다. 우울, 자살, 악, 폭력, 이해, 고통 같은 단어가 나왔다. 나는 두 가지에 사로잡혔다. 타인, 그중에서도 자녀를 이해한다는 문제와 '저자'라는 이슈였다. 나는 이 책을 읽고 '내 인생의 책'뿐만 아니라 '내 인생의 저자'도 있다는 사실을 배웠다.

대개 사람들은 글쓰기가 어느 정도의 능력을 요구하기 때문에 '글 쓸 자격, 자질'에 대해 말한다. 하지만 나는 평소에도 그 부분에는 별로 관심이 없었다. 인간의 글쓰기가 가능한 극한의 상황은 어디까지일까. 딜런의 엄마와 같은 상황에서도 글을 쓸 수 있다면, 인간은 재정의되어야 할 존재다.

대개 유서는 자살의 증거처럼 여겨지지만 유서를 남기는 이는 드물다. 이유는 생각보다 단순하다. 기운이 없어서다. 나치의 홀로코스트 생존자들이 망각 외에, 글을 쓰는 방법(직면)으로 몇 살까지 살 수 있을까? 인류는 프리모 레비를 두고 이런 '야비한' 실험을 했다. 나는 전시 성폭력을 다룬 책에서 여러 남성이 한 여성을 윤간하면서 피해자의 갓난아이가 울어대자 시끄럽다며 아기를 죽인 가해자들과 일주일간 생활한 여성의 이야기를 읽었다. 글? 그 여성은 바로 자살했다.

이 책을 읽는다고 해서 사건의 원인과 사건 이후 딜런 엄마의 삶을 파악할 수는 없다. 카드 동결, 비밀 장례, 수사, 재판, 자기 아들이 죽인 희생자 가족에게 편지 쓰기, 상담, 아이에 대한 미칠 듯한 그리움……. '가슴이 찢어진다'는 말은 비유가 아니라 묘사다. 미국은 13분에 한 명꼴, 매년 4만 명이 자살로 사망한다.(256쪽) 아들 딜런이 우울증과 자살 욕구를 앓았다는 사실을 뒤늦게 알게 된 그는 지금 자살 예방 활동가로 살고 있다.

"내(가해자 엄마) 사죄만은 거절하는 세상에서", 그 역시 자살을 생각했지만 죄책감으로 죽지 못했다. 피해자와 그 가족에 대한 죄의식은 물론이고 그보다 본질적인 죄책감은 아이에 대한 이해, 궁금증에서 비롯되었다. 내가 무엇을 잘못했을까, 내가 아이의 무엇을 놓쳤을까, 아이가 내게 고통을 말하지 못한 이유는 무엇일까, 왜, 왜, 대체 왜 딜런은 그런 일을 저질렀을까.

이해. 좋은 말이다. 그러나 타인을 이해하려는 순간, 트라우마가 시작된다. 더구나 '악'은 원래 이해 불가능한 인간사다. 이해(理解)는 밑에 서야 보인다(under/stand). 아주 밑에서. 그러나 '악'의 일부인 인간은 '악' 위에서 잘난 체하며 그것을 물리치려 한다. 당연히 "숭고한 실패"(박찬욱 감독)다.

이 책은 해설(앤드루 솔로몬!), 추천사, 감사의 말, 옮긴이의 말까지 모두 명문이다. "내 아이가 아니라서 다행"이라는 독후감은 가장 곤란한 읽기다. "피해자와 가해자의 거리는 그리 멀지 않다. 성찰하는 독서가 되기를 바란다."(조한혜정)

# 소크라테스

The Gay 100 _ 폴 러셀

소크라테스, 월트 휘트먼, 버지니아 울프, 알렉산드로스 대왕, 성(聖) 아우구스티누스, 레오나르도 다빈치, 윌리엄 셰익스피어, 차이콥스키, 앙드레 지드, 마르셀 프루스트, 앤디 워홀, 루스 베네딕트, 조지 바이런, 엘리너 루스벨트, 테너시 윌리엄스, 나이팅게일, 미시마 유키오, 록 허드슨, 프랜시스 베이컨, 프레디 머큐리, 마돈나…….

이들은 미국의 작가 폴 러셀의 저서 《The Gay 100》(전 2권)에 등장하는 '역사상 동성애자의 정체성을 형성하는 데 크게 공헌한 인물 1백 명' 중 일부이다. 각각 50명씩 두 권으로 나뉘어 출간되었고 우리말 제목은 원제를 그대로 썼다. '영향력 있는 동성애자'는 지은이의 판단에 따른 것이며 기술 순서나 선정 기준은 일정하지 않다.

이성애자는 누구인가? 역사는 그들에 대해 쓰지 않는다. 다시 말해, 동성애자 혹은 양성애자를 나열하는 것은 비윤리적이지만, 이들의 존재를 가시화한 저자의 작업은 의미가 있다. 소크라테스 시대와 1900년대 자본주의 초기 동성애의 사회적 맥락은 당연히, 전혀 다른 역사다. 각자 정체성도 다르다.

동성애자든 이성애자든 모두 이성애 제도의 영향에서 자유로울 수 없으며, 동성애에 대한 그 어떤 발상도 이항 대립적 사고가 만들어낸 폭력이다. 이성애는 자연의 법칙이 아니라 강제적 제도다. 성애, 출산, 가족……. 이를 둘러싼 그 어떤 인간관계도 자연스러운 것은 없다. 인간(人/間)은 제도의 산물이다. 문제는 성적(性的)인 행위라고 간주되는 인간 행동일수록 성문화(成文化)된 규범이 약하기 때문에 '올바른' 인식이 어렵다는 것이다. 더구나 사회마다 제도의 강제력이 다르고, 제도가 개인에게 미치는 영향력과 수용에도 큰 차이가 있다.

인권, 동성애, 섹슈얼리티에 관한 수많은 책들이 있지만 '입문서'라고 할 수 있는 이 책을 선택한 직접적 계기는 19대 대통령 선거 후보 토론회를 보고 나서다. 홍준표의 '돼지 흥분제' 사건으로 충격을 받은 나는 친구들로부터 "페미니즘을 책으로 배웠냐, 남자들 그런 줄 지금 알았냐."라고 핀잔을 받았다. 그러나 놀랄 일은 멈추지 않고 있다. 나는 토론회를 보고 지지 후보를 바꿨다. '토론 문화'의 승리다!

중요한 것은 의제에 접근하는 방식이다. 대개의 후보들은 어느 쪽이 찬반과 시비와 가부(可否)의 대상인지, 그렇지 않은지에 대한 개념조차 없는 듯했다. 심지어 동성애도 아니고 동성애 '자'를 반대한다는 주장도 있는데, 사람이 반대의 대상이 될 수 있는가? 흑인 차별에 반대한다는 말은 있을 수 있어도, 인종 문제와 관련해 "블랙을 좋아하십니까, 싫어하십니까?" 같은 말은 가능하지 않다.

나는 "동성애에 반대하는가?"란 질문이나 "좋아하지 않는 다."는 표현이 도대체 무슨 뜻인지 모르겠다. 질문 자체가 폭력 인데 답할 필요가 있을까. 나라면 "이성애와 동성애의 구분에 반대한다."고 말할 것이다. 존재와 행위는 그것이 범죄로 판단 될 때만 비판의 대상이 된다. 그 기준도 사회 구성원의 의식에 따라 변화한다.

동성애는 소크라테스(기원전 469~399년)와 더불어 시작되었 다 해도 과언이 아니다.(38쪽) 그러나 우리는 그를 철학자로 생 각하지 동성애자의 상징으로 기억하지 않는다. 한편, 당대 한국 사회의 어떤 배우는 배우나 인간이기 이전에 언제나 동성애자 로 인식된다. 배우, 철학자, 동성애자, 인간은 배타적인 범주인 가? 질문하지 않을 수 없다.

널리 알려졌다시피 근대적 인권 개념의 핵심인 보편성은 해 부학의 발달에서 기인했다. 인간의 몸은 같다. 모든 이의 피는 붉으며 눈물에는 색이 없다. "그들의 인권은 인정하지만 인권을 보장하는 법제화에는 반대한다?" 보편의 반대는 특수가 아니 라 차이다. 하지만 보편성은 언제나 특수성이라는 범주를 고안하여 권력의 필요에 따라 특정한 인간을 배제한다. 이번 사건은 소수자 이슈가 '아니다'. 대통령이 되겠다는 이들의 국민에 대한 존중과 지성을 확인할 수 있어서 그나마 다행이다.

# 피플

혐오와 수치심 _ 마사 너스바움

"젊었을 때 사람은 인간보다는 풍경에 집착한다. 후자는 해석되는 대로 인식할 수 있기 때문이다." 나는 카뮈를 좋아하지 않지만 이 말은 아주 좋아한다. 인간이란 '모를 존재'다. 그래서 '지식인'이라면, 나이가 들수록 자연보다는 알 수 없는 존재(사람)에 집착해야 한다. 자유보다 집착, 이것이 지식인의 조건이다.

사람을 파악하는 일도 어려운데, 판단하는 일은 얼마나 어려울 것인가. 사람을 상대하는 직업(교직, 의료, 사법 종사자⋯⋯)이 특별한 이유다. 특히 검사는 다른 직종과 달리 죄와 벌, 그리고 형(刑)을 다룬다. 성폭력 피해 여성을 상담하면서 많이 받는 질문 중 하나가 "변호사는 어떻게 구하나요?"다. "당신은 피해자고 우리는 국가를 상대로 해서 가해자를 처벌해 달라고 요구하는 겁니다. 검사가 우리 변호사예요, 변호사는 가해자가 구하는 거예요." 이토록 상식적인 대답을 해야 하는 비상식적인 상황에 나는 절망한다.

티브이 시사 프로그램이나 드라마에는 검사의 취조 방식에 대해 이런 말들이 오간다. "정확히 피의자를 찌르되, 몸속에 칼을 넣고 비틀면 안 된다." 수사만 하면 되지, 불필요한 모욕을 주면 안 된다는 얘기다. 모욕 주기는 권력 남용을 넘어 인간성 타락이다.

《혐오와 수치심》의 저자 마사 너스바움은 당대 가장 뛰어난 자유주의 철학자로 평가받는다. 특히 법학이 얼마나 다(多)학제적 관점을 필요로 하는지를 그처럼 논증한 학자도 드물 것이다. 그가 다루는 영역은 윤리학, 정치철학, 문학, 신학, 연극학까지 거론하기 벅찰 정도다. 나는 그가 페미니스트라는 사실이 자랑스럽다.

한국과 달리 미국은 불문법(不文法)의 나라이기 때문에 관습과 판례가 중요하다. 법 운용에서 사회문화적 영향이 성문법 사회보다 클 수밖에 없다. 이 책은 판례와 명문(판결문)이 그득한 데다 글은 쉽고 설득력 있다. 동서고금을 넘나드는 멋진 인용구가 즐비해서 725쪽이 부담스럽지 않다. (번역자에게 경의를 표한다.) 말하자면, 이것이 인문학이다!

책의 주제는, 인간의 감정이 형법의 개념과 운용에서 어떤 위상을 지니는가이다. 저자는 '마이너리티'의 입장에서 혐오(disgust)와 수치심(shame)의 의미 변화를 위해, 최대한 도전하고 최선을 다해 기존 개념을 내파(內波)한다. 감정은 근대 이성을 합리화하기 위해 고안된 개념이며, 이성과 대립하지 않는다. 감정은 인식 행위로서, 사유와 판단의 전제다. 저자는 감정이 정치의 최종 심급임을 잘 알고 있다.

국민국가에서 형법은 공동체를 유지하기 위한 가장 기초적인 질서다. 그러나 '예/아니오'로 판단하기에는 삶은 너무 복잡하다. 개인의 의지, 선택, 동의 같은 자유주의 개념으로는 인간 행동을 제대로 재량(裁量)할 수 없다. 판단해야 하지만, 판단의 근거(자유주의)는 너무 느슨하다. 간극을 매우는 것은 법 운용자들의 고뇌일 수밖에 없다. 추천사를 빌리면, "인간의 불완전성을 인정할 수 있는 능력"(김영란 전 대법관), "감정의 민주화"(조국 전 장관)다.

나는 '엉뚱한' 부분에서 감동받았다. 미국의 검찰 표기다. 우리의 영문 표기는 'Prosecution Service'. 물론 미국도 이 단어를 사용한다. 흥미로운 것은 판례를 표기할 때인데, 검찰이 로건이라는 사람을 고소할 경우 'People vs Logan'이라고 쓴다. 주마다 다르지만 미국의 검사는 선출직으로서 민중, 유권자(people)를 대표한다. 그렇다면, '검찰 개혁'은 개혁의 주체와 대상이라는 프레임에서 벗어나 검찰 스스로 민중을 대신한다는 각성이 전제될 때 비로소 시작되는 것 아닐까.

# 아만자

아만자 _ 김보통

  통증은 가장 소통이 어려운 인간관계의 영역이다. 결국 내가 아파봐야 남 사정도 안다. 윤리나 정의감으로 가능하지 않으니, 동병(同病)만 한 언어가 없다. 그러다 보면 경험 여부를 따지고 불행을 경쟁하게 된다. 그다음 단계는 인간의 가장 비참한 모습 중하나인, 타인의 고통과 비교하면서 위로받는 것이다. 사람마다 다르겠지만 대가(죄의식)에 비해 효과(위안)가 크다. '가성비'……

  고된 하루. 나는 오늘도 내 고통을 잊으려고 어느 포털 사이트의 미아 찾기 기사를 읽는다. "네 살 여아, 거리에서 실종, 현재 스물네 살." 그 부모는 어떻게 살았을까. 나는 다시 정신을 찾으려고 노력한다. 타인과 비교가 아니라 내 안에서 변화를 찾자. 고통을 다룰 능력을 기르자! 이를테면 소설가 C. S. 루이스의 말 "지금 고통은 그때 행복의 일부이다(The pain now is part of the happiness then)."

나는 이 말을 좋아하지만 '죽을 만큼' 아픈 상태가 아니라 실제 '죽기 위해서' 아픈 말기 암환자에게 이 말이 들릴까. 작가 김보통의 《아만자》(암환자)는 스물여섯에 위암이 척추까지 전이된 말기 암환자 청년의 일상을 그린다. 문체도 그림도 담백하지만, 폭발적으로 눈물이 나다가 다시 담담해진다.

암, 누구나 걸릴 수 있다. 정말 '보통의 경험'이다. (동명의 성폭력 관련서가 있다.) "아프고 나서야 알게 된 사실 중의 하나는 돈이 없으면 살 수 없다는 것." 평소에도 당연한 이야기지만 막상 돈이 없다는 이유로 죽는 상황이 오면, 인류는 이제까지 무엇을 했단 말인가라는 근본적인 역사 의식(분노)이 든다.

흔한 대화. "환자분, 통증이 1부터 10까지로 쳤을 때 어느 정도 아프세요?" 고통을 수량화한 척도(尺度) 질문인데, 고통이 계량화될 수 있겠는가. 이 물음은 필요하지만 환자를 위한 말이 아니라 치료자를 위한 것이다.

《아만자》의 주인공은 간호사가 묻자, 들릴 듯 말 듯 중얼거린다. "(아, 하느님, 상제님, 부처님. 제발. 죽여주세요.) 백이라고 이씨××아!"(1권, 140쪽) 유머와 기품이 어우러진 이 책에 유일하게 등장하는 욕설이다. 얼마나 아파야 생목숨이 사라지겠는가.

인간 행동을 좌우하는 가장 강력한 권력, 육체적 고통(pain)이란 이런 것이다. 이 권력 앞에 자유로운 사람은 없다. 그래서 고문은 최고의 악이다. 고문은 국가만 행하는 것이 아니다. 가정, 학교, 군대, 직장 도처에 고문이 있다.

동물도 자살하는가? 한다! "자살은 엄청난 '인간적 고뇌'가 있는 매우 고차원적인 행위라고 생각하는데, 환경에 적응하기 위한 생물들의 보편적인 습성이 아닐까. 이유를 알 수 없는 돌고래의 떼죽음, 꼬리를 자르고 도망치는 도마뱀, 위기 상황에서 기절해버리는 염소처럼. 자살은 개체가 생존에 적합하지 않은 상황에 처하면 선택하는 지극히 정상적인 행위라고 생각해."(2권 34장)

내게 가장 꽂힌 말, "하나도 안 궁금해. 내 인생." 누구나 이럴 때가 있지만 지속되면 살 수 없다. 생명의 보편적 습성이다. 여전히 자살을 정신력 문제로 보는 사람들이 있는데, 한번도 아픈 적이 없어야 가능한 인식이라고 생각한다.

보들레르가 자살을 시도한 적이 있는데 이유는 "잠이 드는 것의 피곤함과 깨어나는 것의 피곤함을 견딜 수 없어서."였다고 한다.(2권, 189쪽) 시인이니까 그럴듯해 보이지만 이런 인생, 많다.

삶이 생사로만 끝난다면 얼마나 좋겠는가. 그런데 생·로·병·사다. 시간은 나이듦과 병듦으로 채워진다. 이 책을 읽은 암환자들이 이구동성으로 작가에게 말했다고 한다. "삶이 소중하다는 것을 전해 달라."

누구나 아프고 죽는다. 슬프고 두려운 것은 '인간'이어서 그렇다. 인간은 의미 중독자다. '자연'이라면 순리다. 유일하게 필요한 것은 동정이나 안도감이 아니라 의료 보험 개혁뿐이다. 아프지 않기를 바라지 말고 아픈 사람을 루저로 대하지 말자. 어차피 우리는 자연에서 다시 만난다.

# 아픈 몸을 살다

아픈 몸을 살다 _ 아서 프랭크

지은이 아서 프랭크는 서른아홉에 심장마비로 거리에서 쓰러졌는데, 15개월 뒤엔 고환암에 걸렸다. 내 친구는 12년 동안 우울증의 손아귀에서 가쁘게 삶을 이어 가던 중 자궁암 말기 판정을 받았다. 식도까지 전이되었단다. 동행한 나는 "그렇게 멀리요?"라고 물었다. 의사는 말했다. "자궁에서 식도가 서울 부산 거리는 아닙니다."

그간 친구는 우울증보다는 암이 낫다고 '노래를 불렀다'. 우울증은 세상에서 가장 무서운 병이다. 우울증은 '죽어 가는' 몸이고, 말기 암은 '죽을지도' 모른다.

《아픈 몸을 살다》는 고통이 앎의 수원임을 증명한다. 한 문장도 놓칠 부분이 없다. 독자의 삶만큼 읽을 수 있다. 나는 김광석의 노래 가사 "매일매일 이별하며 살고 있구나."를 타인과의 헤어짐으로 생각했다. 그게 아니었다. "어제 나의 몸과 이별하며 살고 있구나, 내 몸과 다시는 만날 수 없구나."였다.

"경험은 살아야 하는 것이지 처리해야 하는 일이 아니다."(25쪽) "질병은 누군가에 맞선 싸움이 아니라 길고 고된 노력이다. 어떤 사람은 살아서 승리하고 어떤 사람은 죽어서 승리한다."(143쪽) "아픈 사람들은 이미 아픔으로써 자신의 책임을 다했다. 문제는 나머지 사람들이 질병이 무엇인지를 보고 들을 수 있을 만큼 책임감이 있느냐다."(202쪽)

원제는 '몸의 의지로(At the will of the body)'이다. 나는 의지라는 말을 싫어한다. 대개 신경정신과 계통의 질병인, 의지가 고장난 병에 걸린 사람은 어떻게 살아야 한단 말인가. 치료는커녕 숨쉬는 것도 귀찮은데……. 침대가 생활의 전부인 '베드 아일랜드'(bed island)에서의 인생이라면? 그런 의미에서 우리말 제목 '아픈 몸을 살다'는 원제보다 책의 주제를 잘 전달하고 있다.

인간에게 가장 어려운 윤리 중 하나는 고통받는 사람의 목소리에 귀를 기울이는 것이다. 대개는 자기 몸의 목소리도 듣지 못한다. 나도 지병이 있는데, 이전의 사고방식은 "다 나은 다음에 책 쓰기, 여행, 운전 배우기, 운동을 하자."였다. 아픈 시간은 삶의 대기실, 의미 없는 인생이라고 생각했다. 결국 몸이 가르쳐주었다. 병은 낫지 않았다. 도대체 완치는 누가 만든 말인가. 죽을 때까지 재발되지 않을 뿐 어떤 병도 완치되지 않는다.

세상은 아픈 사람과 안 아픈 사람으로 구분되지 않는다. 완벽하게 건강한 몸은 없다. 아픔의 차이가 사람의 차이다. 이 차이는 위중 여부가 아니다. 아픈 사람마다 증상과 기능이 모두 다르다. 앞에 쓴 심장마비, 고환암, 우울증, 자궁암이 다른 질병이라는 것을 모르는 이는 없다. 문제는 같은 병도 증상이 다르며, 정반대로 나타나기도 한다는 점이다. 같은 사람도 매분마다 증상이 다르지 않은가.

아서 프랭크는 차이가 인식되어야 돌봄이 가능하다고 본다. '암환자에게 해주기 적당한 말'은 없다. '암환자'는 포괄적인 실체로 존재하지 않기 때문이다!!!(느낌표는 필자) 의학이 환자를 분류하는 데 사용하는 일반적인 진단 범주는 질환(disease)에 쓰이는 것이지, 질병(illness)에는 들어맞지 않는다.

하지만 아픈 사람을 상대하는 사람들은 차이와 독특성을 인식하고 싶어 하지 않는다. 차이를 파악하려면 아픈 사람과 깊은 관계를 맺어야 한다.(75쪽) 치료와 돌봄은 다르다. 돌봄……. 내가 엄마를 간병할 때 가장 많이 한 말(짜증)은 "엄마, 정말 원하는 게 뭐야?"였다. 그가 원하는 거즈의 촉감을 찾기 위해 몇 종류의 거즈를 샀는지 모른다.

이 책은 번역서 같지 않다. 번역(메이), 표지 디자인(김효은), 추천사(김영옥, 전희경)가 본문보다 심오하다. 특히 번역은 원래 능숙한 한국어 사용자가 쓴 문장 같다. 《아픈 몸을 살다》는 아서 프랭크의 첫 저서이며, 《몸의 증언》(갈무리, 2013년)도 권하고 싶다. 위에 언급한 이들은 모두 페미니스트다. 우연만은 아닐 것이다.

# 몸에 깊숙이 박힌 못을 어떻게 빼내요?

길, 저쪽 _ 정찬

소설가 정찬의 문장을 부러워하는 것은 윤리적이지 않다. 언어의 결정(結晶)은 극한 노동의 산물이다. 게다가 그의 사유는 결정(潔淨)을 향하면서 동시에 그것과 대결하려 한다. 그런 점에서 일부 평자들의 견해와 달리 그의 작품은 시류와 어울린다. 누구나 작가인 시대, 글쓰기의 민주화가 언어의 민주주의가 아니라 타인에 대한 폭력으로 전화된 지금, 그는 우리 사회에 절실한 예술가다. 데뷔 37년차에 이르러서도 "쉼 없이 언어와 싸우며, 번번이 무릎을 꿇으면서도 다시 일어서야 하는 가혹한 싸움"을 멈추지 않은 소설가. '연륜에 맞는' 태작이 없는 작가.

《길, 저쪽》은 정찬의 장편 소설이다. 유신 체제와 군사 정권 시절에 일어난 고문과 피해 당사자들의 다양한 '선택'을 탐구한다. 지금도 계속되는 폭력이다. 특히 여성에 대한 폭력은 가해자가 개인인지 국가 권력인지 중요하지 않다. 이 작품을 독재,

민주화, 폭력, 구원, 용서 등 다양한 각도에서 읽을 수 있겠지만 나는 평생 동안 상처를 화두로 삼아 살아야 했던 이들의 이야기로 읽었다.

고문자들. '자백'. 무의식 속에서도 숨겨야 할 동지의 이름을 몸 밖으로 끄집어낼 수 있는 육체의 고통. 여성이 당하는 고문은 '피부'의 파괴와 관련이 있다. 피부의 두 가지 의미. 실제 몸의 경계, 그리고 세상으로부터 자아를 보호하는 방벽. 주인공은 기존의 자신을 버리고 다른 사람이 되는 고통을 통과하면서 강제로 몸에 들어온 못(아이)을 간직한다.

"몸에 깊숙이 박힌 못을 어떻게 빼내요? 저는 예수의 몸을 생각했어요. 예수의 몸속으로는 더 크고 더 깊은 못들이 뚫고 들어갔어요. 예수는 그 못들을 말끔히 빼내었지요, 용서를 통해. 하지만 저는 예수가 아니잖아요. 살 속에 박혀 살의 일부가 되어버린 못을 빼낸다는 것은 못의 고통을 되살리는 행위예요. 저에겐 그랬어요. 저는 기도를 할 수 없었어요. 기도에 대한 생각만 했어요. 그럴 때마다 영서가 떠올랐어요."(191, 192쪽)

몸에 들락거리는 다양한 외부 요소는 처음에는 이물감을 주지만 결국 나의 일부가 된다. 그러므로 "상처 없는 인생은 없다."는 생명의 과학이자 당연한 말의 반복이다. 만물이 우리 몸에 처(處)한다. 외부의 자극에는 즐거운 것도 있고 영원한 상처도 있다. 아름다운 자극은 부드럽게 들어온다. 고통은 그렇지 않다. 피부는 전선(戰線)이 된다. 자아는 혼란과 반란을 반복하면서 전시 상태를 살아낸다. 몸은 안팎이 없다. 이를테면 칼에 찔렸을 때 갑자기 칼을 빼내면 출혈로 죽는다. 칼은 나를 해치려 했지만 몸에 들어오면 나의 일부가 되어 피가 밖으로 나가는 것을 막아준다. 살아 있다는 것은 피아가 분간되지 않은 상태다. 내외부가 확실히 구분될 때 사람은 죽는다.

가부장제 사회에서 여성에게 최악의 이물질은 무엇일까. 폭력과 5퍼센트의 현실(성폭력으로 인한 임신 확률)은 여성주의의 오랜 논쟁 주제였다. 국가(nation)의 어원은 낳다(nate). 유사 이래 모든 전쟁의 공식 전략 중 하나는 대량 성폭력(mass rape)이다. 여성의 몸에 국가(남성)를 세우는 것이다.

이 작품의 주인공은 역사를 전복한다. 《엄마를 낳은 딸(The Woman Who Gave Birth to Her Mother)》이라는 여성주의 정신분석 책이 있다. "이상하게 들릴지 모르지만 영서(아이)가 저를 낳았다는 생각이 들곤 했어요. …… 죽으러 강으로 들어갔을 때 저를 내려다보며 눈물을 흘리던 존재, 제 몸 안에 있으면서 바깥에 있던 존재……가 영서였어요. 영서는 제가 낳았지만 저역시 영서를 통해 다시 태어났던 거예요."(256쪽)

《길, 저쪽》의 표지는 무수한 문들의 연속이다. 새로운 인식이라는 치유의 본질을 상징하는 멋진 사진이다. 작가는 끔찍한 비참을 바라보고 환부를 드러낸다. 정찬은 슬픔의 힘을 잘 알고 있다. 남의 가슴에 못 박는 사람과 그들의 시대. 치욕과 원한의 못이지만 그것은 권력의 부스러기일 뿐이다. 권력이 가장 두려워하는 것은 사랑이다. 사랑을 이기는 '못'은 없다. 범람하는 눈물의 강에서도 사랑은 한결같지만, 못은 산화하기 마련인 까닭이다.

# 쉽게 씌어진 시

윤동주 시집 _ 윤동주

글쓰기가 쉬운 사람은 없을 것이다. '작가'도 아닌 나는 말할 것도 없다. 짧은 글이든 긴 글이든, 칼럼이든 논문이든 다 어렵다. 생각도 힘들지만 '머리'의 생각이 '손'에 이르러서는 다른 몸이 된다. 죽고 싶은 심정. 퇴고는 더 힘들다. 최대한 미리 써 두는 편이다. 송고할 때 다시 쓴다. 처음 쓴 글의 망신스러움이 그때서야 보이기 때문이다.

대개 글쓰기의 어려움에 대해 말하지만, 더 아찔한 절벽은 글쓰기의 두려움이다. 글쓰기는 책임과 윤리를 동반하는 두려운 일이고 두려워해야 하는 일이다. 이처럼 어렵고 두려운 일인데, '빨리 쉽게' 쓴 걸작들도 있다. 내가 매번 사례로 드는 사랑의 책, 슐라미스 파이어스톤의 《성의 변증법》이나 프란츠 파농의 《검은 피부 하얀 가면》은 모두 20대 중반에 쓴 작품이다. 이런 책들이 고전이 된 사례는 목록을 댈 수 없을 만큼 많다. 저자의 나이를 감안할 때 지식의 축적만으로는 불가능한 저작이다. 자기 위치를 자각한 정치적 열정이 책이 된 것이다. 생각과 이야기가 목까지 가득 차 있을 때 쏟아지는 일필휘지.

그러므로 글쓰기의 어려움과 '쉽게 쓰기'는 모순되지 않는다. 윤동주가 스물다섯에 쓴 〈쉽게 씌어진 시〉(1942년)는 이를 압축적으로 보여준다.(108, 109쪽) 내가 가진 윤동주 시집만 일곱 권이 넘으니, 시중에 유통되는 그의 시집이 얼마나 많으랴. 이 글의 출전은 1986년도에 출간된 것인데 매 쪽마다 알렉산더 아르키펭코, 프란시스 피카비아, 게어 판 펠데 같은 서양 화가의 명작이 수록되어 있고, 앞표지에는 "Anthology of Youn Tong-ju"(윤동주 선집)라고 영문까지 넣었다. 백철, 손영목, 동생 윤일주 시인의 해설까지 들어간 상당한 만듦새다.

"창 밖에 밤비가 속살거려 / 육첩방(六疊房)은 남의 나라"로 시작하는 이 시는 〈서시〉와 더불어 가장 널리 읽히는 작품일 것이다. 다다미 여섯 장이면 평범한 크기다. 교토는 비가 잦고 습하다. 게다가 6월. 제국에서의 1942년은 어떤 시간이었을까. 작품의 분위기는 차분하다. "땀내와 사랑내 포근히 품긴 / 보내주신 학비 봉투를 받어 / 대학 노-트를 끼고 / 늙은 교수의 강의 들으려" 가는 일상. 하지만 "인생은 살기 어렵다는데 / 시가 이렇게 쉽게 씌어지는 것은 / 부끄러운 일이다". 이 표현이 나오기까지 그의 몸은 얼마나 부대꼈을까. 고통과 고뇌, 분노와 죄의식……. 삶이 어려운 사람은 몸에서 글이 나온다. 고뇌, 생각,

언어가 서로 발효하는 것이다. 윤동주의 시가 쉽게 씌어진 것은 '당연하다'. 시인 자신도 알았을 것이다. 그러나 그는 그조차 부끄러워했다.

이상하다. 지난 몇 주 동안 감동의 촛불 정국에서 글이 나오지 않는다. 물론, 나는 윤동주도 아니고 생각이 넘치는 사람도 아니므로, 글이 안 써지는 것이 특별한 일은 아니지만 유독 안 써진다. 대통령과 최씨 일가는 모든 뉴스의 블랙홀이 되었다. 그들과 정치권을 비난하면 그럭저럭 글이 될지도 모른다. 하지만 우리는 알고 있다. 박-최씨 일가의 악취가 워낙 기이하지만 한국인들은 정치권과 재벌, 사회 전반의 부패와 몰상식에 익숙하다는 것을. 웬만한 더러움에 징하게 강하다는 것을.

한국 사회는 박 대통령이 인간인지 비인(非人)인지를 검증할 수 있는 역량이 없었다. 최씨 일가는 그 결과일 뿐이다. 나는 엠비(MB)가 대통령이 될 리 없다고 믿었던(웃었던) 사람이다. 지금은 그가 '지식인'으로 보일 지경이다.

촛불이 '국민 대 박근혜'의 전선이 되어서는 곤란하다. 이 축제는 근본적으로 '우리 안의 최순실', 우리가 살고 있는 사회와의 싸움이어야 한다. 지인들은 "더 나쁜 사람도 있지 않으냐."며 먼저 최순실, 그다음에 '우리 안의 최순실'과 싸우자고 말한다. 내 생각은 다르다. 촛불은 너무 아파서 쉽게 쓰일 만큼의 시처럼, 살갗이 벗겨지고 흰 뼈가 드러나는 수술의 아픔을 나누는 고통의 축제여야 한다.

172

# 대소변을 가리지 못할 때까지
## 살고 싶습니다

인간을 넘어서 _ 나카무라 유지로 · 우에노 치즈코

흔한 일이건만, 최몽룡의 기자 성추행 사건을 접하고 각별한 불쾌감이 밀려왔다. 가해자가 나이든 남성이기 때문일까. 게다가 '국사를 쓰겠다'고 나선? 여러 혐오감이 겹쳤지만 내가 '노추(老醜)'의 개념에서 자유롭지 못하다는 것을 깨달았다. 나이듦에 대한 혐오는 근원적으로 죽음의 공포 때문이지만 자본주의 사회의 생산력, 속도주의는 노인을 사회적 부담으로 간주한다.

최근 한국 사회 외모주의의 가장 큰 피해 집단은 노인이 아닐까. 노동 시간은 짧아지고 평균 연령은 길어진 고령화 사회. 모두가 '곱게 늙자'고 외치고 있다. '곱게 늙음'은 성형외과 문전성시부터 '인생 이모작', '꼰대 되지 않기' 같은 노인형 자기 계발까지 다양하다. 동안 만들기는 온 나라의 운동이 되었다. 나이가 들수록 일, 운동, 인간관계를 성실히 가꿔 가자는 총체적인 '웰 에이징'이 제시되고 있다. 여든이 넘어서도 수없는 걸작을 내는 예술가들은 인간의 무한한 가능성을 상징하는 것 같다. 나 역시 클린트 이스트우드(90살)의 팬이다.

그러나 다른 삶을 선택하는 이들도 있다. 스스로 죽을 시기를 정하고 곡기를 끊거나(스콧 니어링, 100살) 아파트에서 투신하거나(질 들뢰즈, 70살) 암 진단을 받았지만 연명 치료를 거부하는 사람들이 늘고 있다. 평범한 사람의 자살은 생명 경시고 철학자의 자살은 실존적 고뇌인가. 논점은 자살이냐 아니냐가 아니다. 나이다. 노년과 10대의 자살은 다른 연령대만큼 비난받지 않는다. 어떤 이들은 '그것을 선택해도 되는 것이다'.

어쨌든 장수에 대한 무조건적 긍정과 지향도 변하고 있다. 이 책은 1989년 일본의 학자 나카무라 유지로와 우에노 치즈코의 왕복 서간집이다. 원서('人間'を超えて)는 '인간'을 강조한다. 부제는 '이동과 착지'. 나이듦을 중심에 두고 인간의 개념을 다시 생각해보자는 취지다. 공부를 좋아하는 비판적 지식인의 지적 여정이 잘 드러나 있다.

연령주의적 표현이지만 두 사람 모두 인생의 '절정기'였다. 그러나 젠더는 명확했다. 1948년생 여성이 1925년생 남성보다 나이듦, 죽음, 치매, 돌봄에 대한 염려와 사유가 훨씬 깊다. '여자의 정년'은 생물학적 나이인 마흔, 남자의 정년은 사회적 일을 그만두는 시기다. 다시 읽으니 절절하다. 정말 내 문제가 된 것이다.

공감 가는 구절. "개인으로 존재하기 위해 투쟁해 온 여성이

마침내 개인의 함정을 알아채고 이를 넘어서자, 기다리고 있는 것은 가족밖에 없더군요.", "비판적인 것은 '여기에 없는 것'을 보는 능력을 부여해줍니다.", "의식적으로 포스트모던과 거리를 두고 있는데 왜 내가 포스트모던의 화신으로 취급되고 있는지 모르겠습니다.", "예순에 접어들면서 무언가 미지의 차원에 발을 들여놓았다는 느낌을 받았습니다.", "여성들의 영원한 로망, 노라의 방주", "(전공투를 회고하며) 가는 길만이 아니라 돌아오는 길에서도 '해방'을 생각할 수는 없을까요?"

내가 가장 지지하는 내용은 유명 소설가 아리요시 사와코의 인터뷰다.(194쪽) "저는 대소변을 가리지 못해 타인에게 귀찮은 존재가 될지라도 오래 살고 싶습니다." 정갈함, 의존에 관한 상식을 깨뜨리는 놀라운 선언이다. 남에게 민폐 끼치는 것을 큰 수치로 여기는 일본 문화를 감안할 때 더욱 그렇다. 체액이 통제되고 주름이 없고 머리숱은 풍성하고 허리는 곧으며…… 나를 비롯해 많은 사람들이 나이들어서도 꿈꾸는 몸이다. 그러나 노인과 장애인, '뚱뚱한' 여성, 성적 소수자, 이들에 대한 차별은 바로 몸에 대한 비현실적인 욕망에 뿌리를 두고 있다.

우리는 육체적 고통, 신체의 비참에 시달리는 이들에게도 (마음속으로는) 우아한 몸가짐을 요구한다. '몸 밖의 대소변'을 수용할 때 살아 있는 이웃들의 다양한 몸도 존중할 수 있다. 인간이 사망하기까지 평균 투병 기간은 10년. 그 취약하고 '못생긴' 시절도 소중한 삶의 일부다. 어린 미모가 최고 가치인 사회에서, 나이듦과 그에 따른 미추 관념을 바꾸는 것은 혁명이다. 그리고 이것은 노년만의 과제가 아니다.

# 3장

# 글쓰기의
# 두려움과 부끄러움

# 이차적 인간

이야기 해 그리고 다시 살아나 _ 수잔 브라이슨

　6시간 강의를 마치고 택시를 탔다. 그런데 하필 승객이 아니라 청중을 기다리던 택시였다. 기사는 "세월호의 최대 피해자는 박근혜 대통령"이라며 흥분했다. "세월호는 지난 10년 정부 잘못인데 현재 대통령이 책임지는 것은 말도 안 된다."며 "우리 박 대통령만 억울하게 됐다."는 것이다. 그가 말하는 10년은 시기적으로 노무현~이명박 정권이지만 맥락상으로는 김대중~노무현 정부를 말하는 것 같았다.

　맞는 말이다. 재난은 구조적 문제의 누적인 경우가 대부분이다. 세월호를 침몰시킨 사람이 현직 대통령이라 생각하는 사람은 없다. 다만 사건 이후 조치를 책임지고 사과하는 것, 피해가 최소화되도록 공동체의 역량을 조직하는 것이 그의 업무다. 이번 사건에서 대통령의 잘못은 이 업무를 몰랐거나 태만했고, 이행하지 않은 것이다. 게다가 적반하장, 아니 그 이상의 괴이한 현상이 있었다. 이런 상황에서 국민들은 "대통령의 눈물을 닦아주자, 대통령을 지키자."라는 캠페인까지 당해야 했다.

자녀의 죽음, 전쟁에서의 생존, 홀로코스트, 집단 성폭력, 지진……. 정말 신은 인간이 감당할 만한 고통만 주실까. 인간은 어떤 고통도 이겨낼 수 있는가. 이는 어떤 조건에서만 맞는 말이다. 고난을 견디는 능력은 인간의 본성이 아니다. 타인의 고통을 위로하고 공감하는 사회에서만 가능하다. 피해자와 잠재적 피해자들의 상부상조와 이를 지지하는 사회. 이것이 정의다.

한계를 넘는 고통 속에서도 인간이 살아남는 것은 '시간이 약'이어서가 아니다. 그 시간에 삶도 자아도 변화하기 때문이다. 없었던 일로 돌아간다는 의미의 '회복(回復)'은 불가능하지만 고통은 다른 모습으로 변모한다. 영원히 깨어날 수 없는 악몽일 수도 있고, 헤어진 이들과 평화롭게 다시 만날 수도 있다.

《이야기 해 그리고 다시 살아나》는 여성주의 철학자인 저자 자신이 겪은, 살인 미수를 동반한 성폭력을 계기로 삼아 자아 개념을 재해석한 빼어난 책이다. 번역은 유려하지만 우리말 제목에는 약간 아쉬움이 있다. 원제는 《여진(餘震)-폭력과 자아의 재구성(Aftermath: Violence and the Remaking of a Self)》.

모든 문장이 깊고 지성이 넘친다. 그래서 치유적이다. 대개 치유를 마음의 평화나 감정적 위안이라고 오해하기 쉽다. 그러나 치유는 사고 방식의 근본적 변화, 인간 행동 중 가장 인지적인 과정이다. 종교든 인문학이든 일시적 '부흥회'로는 치유가 불가능한 이유다.

철학자 애넷 바이어의 표현을 빌려 오긴 했지만 이 책의 요지는 사람은 '이차적 인간(second persons)'으로 존재한다는 것이다. 사람은 본질적으로 자신을 만들어주고 돌봐준 다른 사람들의 후손이며 계승자이다. 자아는 다른 사람들과 계속적으로 관계 맺고 그들에 의해서 만들어지는 것이다. 자아에 대한 우리의 생각은 곧 사회적 현상이다.(94쪽)

이차적 인간 개념은 작은 구원이 될 수 있다. 어떤 사회에 사는가에 따라 고통은 달라질 수 있기 때문이다. 고통의 크기는 객관적이지 않다. 어떤 고통이 더 심각한 고통인지 비교하는 '불행 경쟁'은 논의를 왜곡한다. 고통의 정도는 고통의 세기가 아니라 고통받는 사람의 반응 능력에 달려 있다.

하지만 이러한 입장은 부분적 진실이다. 자아를 고정적, 개인적 차원으로 한정하기 때문이다. 사람마다 감당할 수 있는 힘의 차이는 사회의 반영인 자아의 차이이다. 어떤 사회는 가해자를 심판하는데, 어떤 사회는 '피해자 비난(victim blaming)'이라는 유명한 용어를 만들어낼 정도로 피해자를 괴롭힌다. 자녀의 죽음은 다른 해석이 불가능할 만큼 절대적인 고통이지만 그 고통이 조금이라도 삶을 덜 압도하도록 하려면 어떤 노력이 필요할까.

'대통령이 최대 피해자'라는 발상. 고통받는 이들이 대통령을 공격한다는 사람들. 슬픔을 체제 위협으로 간주하는 사회.

이 책에 등장하는 프리모 레비의 말대로, 이것이 인간인가. '세월호'는 영원하지만 고통을 안은 자아는 변할 수 있다. 모든 인간이 이차적 존재라고 할 때 그 이차성(사회성)을 어떻게 만들어갈까. 그날 그 바다의 영혼들이 묻고 있다.

# 일상과 비상의 구별?

호모 사케르 _ 조르조 아감벤

세월호 사건과 관련해 많은 이들이 국가란 무엇인가를 고민하는 현상이 다소 의외였다. 우리나라 사람들은 '애국자'도 많고 국가에 대한 기대도 크다. 이 사건이 깊은 충격을 남긴 이유는 "살릴 수 있었는데."라는 지울 수 없는 안타까움과, 사건 이후 보도를 접한 것이 아니라 온 국민이 실시간으로 사건의 전 과정을 함께 겪었기 때문이다.

당국의 대응이 없다 보니 생긴 일이다. 우리 눈앞에서 매 순간 생명이 사라졌다. 내가, 우리가, 정부가 '제발 뭐라도' 조치를 취했다면. 자책과 분노가 꺼지지 않는다. 단계마다 당국의 '플랜 B'가 전혀 없다는 사실과 이러한 현실에 대한 사회 지도층의 인식(교통사고, 시체 장사, '정몽즙', 대통령의 우아함 등)은 우리를 절망케 하기에 충분했다. 한반도 역사 내내 민초들의 갈망이었던 '제대로 된 국가'에 대한 희망은 완전히 무너졌다. 나라를 뺏긴 설움도 아니고 나라가 사라진 불안.

일상을 평화라고 가정하면 그 반대 개념은 전쟁, 비상사태, 예외 상태이다. 정치 개념의 출발이다. 다른 말로 하면 어디가 정상적인 삶을 영위하는 영토('집')고 어디가 교도소이고 길거리인지, '마음의 감옥'인지……. 생명이 어디에서 가능한가에 대한 질문이다.

"하이데거와 베냐민, 슈미트 사이의 엇갈림을 매개하고 그들 사이의 공백을 메우면서 포스트모던 이후 우리 시대의 정치와 철학의 범주들을 급진적으로 재창조하고 있는 독창적 사유의 용광로". 《호모 사케르》 표지 문구를 읽고 잠시 웃었다. 정확한 요약이지만 언제적 이야기? 스피박과 버틀러는 어이없어하면서 이렇게 말했다. "우리(여성)는 원래 호모 사케르(벌거벗은 생명)였거든!"

물론 《호모 사케르》는 의미심장하다. 여성주의자들이 예전부터 외쳐 왔으나 외면된 주장을 간단하게 유행시킨 백인 남성 지식인의 권력도 새삼 흥미롭지만, 그렇더라도 신학과 철학, 정치학을 자유로이 넘나드는 아감벤의 지성은 여전히 매력적이다.

이 책은 9·11 이후 인류의 삶을 명확히 했다. 이 시대의 지배 방식은 국민을 억압하는 것이 아니라 방치하는 것이다. 따라서 주권의 역할은 국민을 보호하고, 탄압하고, 통제하는 것이 아니라 국민을 모호한 곳에 있게 하는 것이다. 외부와 내부, 배제와 포함이 구별되지 않는 곳으로 우리를 몰아간다. 세월호는 삶이 항상 비상임을 상징하는 지역(地役)이다. "나를 보호해줄 국가는 어디에?"라는 두려움 자체가 통치 권력인 것이다.

국경이라는 전통적인 경계에 대한 전복적인 진실을 보여주는 데 관타나모 수용소만 한 곳은 없을 것이다. 이곳은 쿠바 남동쪽 관타나모 만(灣)에 설치된 미 해군 기지 내부에 있지만, 쿠바를 지배하던 에스파냐가 미국과 벌인 전쟁에서 패하면서(1903년) 쿠바 독립 이후에도 쿠바 땅이 아니게 되었다. 관타나모는 쿠바령(領)이면서 미국이 주권을 행사한다. 지금은 전 세계의 '반미범(犯)' 아니, 누구든 그렇게 지명된 이들이 적법 절차 없이 감금되고 고문받는 전 지구인의 영토다.

아감벤은 "저들(권력)의 예외 상태가 민중에겐 해방이다. 예외 상태가 상례가 되게 하자."는 베냐민의 테제를 넘어, 일상과 비상이 구별되지 않는 공간인 비식별력(非識別域, indistinction)을 개념화한다.(341쪽) 예전에 "아우슈비츠 이후에는 더는 시를 쓸 수 없게 되었다."는 말이 있었다. "살아남은 자의 슬픔"도 있었다. 그러나 지금은 우리 모두가 아우슈비츠에 갇히게 되었다. 인양되지 않는 바닷속 폐선에, 밀양 송전탑 위에, 왕따당한 탈영병의 총부리 앞에. 곳곳이 분향소다.

이것이 이 시대의 삶이다. 국가는 정체 모를 권력이 된 지 오래다. 《호모 사케르》에 따르면 국가의 임무는 경계를 그었다 지웠다를 반복하면서 구제할 사람과 그렇지 않은 사람을 구별하는 공간을 만들어내는 일이다. 사실을 명확히 해준 아감벤이 나를 위로한다.

　냉소를 거두고 말하면 영화 〈변호인〉의 마지막 대사는 조금 희망적이다. "국민이 국가입니다." 이 말은 주권 재민 혹은 국민이 국가의 3대 요소라는 의미가 아니다. 국민 자체가 국가인 사회를 의미한다. 우리는 다른 나라에 살 수 있다.

# 무명 용사의 묘지

민족주의의 기원과 전파 _ 베네딕트 앤더슨

세월호 피해자는 광범위하다. 숨진 학생, 교사, 승객은 말할 것도 없고 생존자, 안산과 진도 주민들……. 특히 민간 잠수사의 사망은 안타까움을 더한다. 이광욱과 이민섭, 두 잠수사가 수색 작업 도중 사망했다. 이들이 부패 무능한 관(官)에 의한 '국가 피해자'라고 할 때, '국가 유공자'와 어떻게 다를까.

미국 수사 드라마를 보면 자살, 자연사, 사고사, 살인이 동시에 일어나는 것을 '사이클'이라고 하는데, 실상 이 네 가지는 뚜렷하게 구분되지 않는다. 대개 장수에 고통 없는 죽음을 호상(好喪)이라 하지만 하도 사고가 많다 보니 생로병사 차원의 죽음만 맞아도 호상이라는 생각이 든다.

개인 외부 상황에 의한 죽음. 의사(義死), 열사(烈士), 공권력에 의한 죽음, 사회적 타살로서 자살, 전쟁터에서 죽음, 가미카제(神風) 특공대, 자살 폭탄 테러, 순교…… 이처럼 타인에 의

한, 타인을 위한 죽음이 있다. 굳이 구분한다면 의사자, 사회 구조의 피해, 역사 창조의 의지로 나눌 수 있을까.

타인을 위한 죽음이라 해서 모두 국립묘지에 안장되는 것은 아니다. 중요한 것은 남을 위한 죽음 여부가 아니다. 그 타인의 구체성이다. 지하철 선로에 떨어진 사람을 돕다가, 세월호 현장에서 일하다가, 용의자와 격투를 벌이다 사망한 시민들. 의로운 죽음은 이들처럼 타인을 돕는다는 생각을 행동으로 옮긴 의지와 이유가 분명한 죽음이다.

베네딕트 앤더슨의 《민족주의의 기원과 전파》는 "민족은 상상의 공동체(Imagined Communities)"라는 유명한 원제와 "근대 민족주의의 상징으로 무명용사의 기념비나 묘지보다 더 인상적인 것은 없다."는 구절로 유명하다.(25쪽)

우리 사회에서 위 두 가지 담론처럼 오해와 논란이 많은 '서구 지식'도 드물 것이다. 송두율의 《민족은 사라지지 않는다》(2000년)를 읽으면서 혼자 중얼거렸다. "걱정하지 마세요. 민족은 절대 사라지지 않아요. 아마 인류가 발명한 것 중 유일한 불멸의 유산일걸요."

징집되어 생판 모르는 이들을 죽여야 했던 병사들은 의사자가 아니라 '호국 영령' 혹은 '×죽음'으로 불린다. 민족이 상상의 공동체라는 말은 문화적 구성물이라는 뜻이다. 생각이 현실을 만든다. 민족이 상상된 것이어서 실재하지 않는다는 의미가 전혀 아니다. 마르크스주의 인류학자였던 앤더슨은 민족 개념이 탄생하게 된 물적 기반을 분석했다. 근대 인쇄술의 발달은 출판물의 대량 생산을 가능케 했고 사람들의 의식을 동질적으로 만드는 데 결정적인 역할을 했다.

민족이 국가를 세운 것이 아니다. 국가를 만들기 위해 민족이 발명된 것이다. 무명용사는 구체적인 어떤 사람을 위해 죽은 것이 아니라 상상의 공동체를 구성하는 과정에서 희생된 것이다. 그래서 의사자는 그 희생으로 살아남은 특정 개인에 의해 잊을 수 없는 사람이 되지만, 무명용사와 전사자는 국립묘지라는 집단 기억의 장소와 기념일(현충일)이 정해져 있다. 모르는 사람, 즉 국가라는 상징적 정체(政體)를 위해 죽었기 때문이다.

지구상 어디에서도 상상의 공동체는 완성된 적이 없다. 미완은 이 공동체의 본질이다. 그러므로 국가 건설 과정에서 의도치 않게(?) 국가 안보를 핑계로 삼아 국민의 안전을 짓밟는 것은 불법적 통치 행위다.

세월호 사건에서 나를 계속 생각에 잠기게 한 말은 잠수사 이광욱이 '카카오 스토리'에 남긴 "간만에 애국하러 왔네."다. 그가 사용한 공기 공급 호스는 주변에 설치된 유도줄 등과 얽혀 있었고 그는 결국 사망했다. 사고사, 시설물에 의한 타살이다.

잠수사는 타인을 구하러 온 것이지 애국하러 온 것이 아니다. 두 죽음 사이에 위계는 없다. 하지만 한국 사회는 사고가 끊이지 않는 전쟁터라 의사자(body)와 호국 영령(ghost)이 구별되기 어렵다는 사실이 중요하다. 전혀 성격이 다른 죽음이기 때문이다.

"간만에 애국"은 구체적 개인을 위한 의로운 죽음과 민족 관념을 위한 행동이 구분되지 않을 때 사용하는 말이다. 우리 사회는 국민 보호라는 국가 기능이 없다 보니 타인을 위한 정의가 곧 국가를 위한 일처럼 여겨진다. "간만에 애국"이 하염없이 슬픈 이유다.

# 우리가 슬퍼하는 것이 아니다,
# 슬픔이 우리를 선택한 것이다

감정 공부 _ 미리암 그린스펜

"경비는 뭐하나!" '하찮은' 방문객이 찾아올 때 주인의 일반적인 대사다. 나도 종종 듣는 말인데, 늘 묘한 감정을 불러일으킨다. 이 신경질적이고 방어적인 태도는 '주인-방문객-경비'의 권력 관계, 즉 인간이 관계 맺는 방식을 대표하는 것 같다.

어쨌든 주인의 세금으로 월급을 받는 공복(公僕)이 주인을 쫓아내겠다고 소리쳤다. 2014년 7월 1일, 세월호 국정 조사 특위에서 당시 새누리당 소속 이완영 의원(경북 고령·성주·칠곡)이 유가족에게 한 말이다. 그는 다른 의원의 질의 시간에 자다가 유가족이 항의하자 경비를 찾았다. 비판이 일자 그는 항변했다. "밤새워 공부하느라 졸 수밖에 없었다."

나는 모욕감을 느꼈다. 유가족의 분노는 어땠을까. 분노. 이 말은 특정한 문맥에서만 의미 파악이 가능한, 어려운 단어다. 이유 없는 분노는 없다. 각자 다 정당하다. 동시에 모든 분노는 가해자의 분노, 필요 이상의 분노, 다른 문제가 전도(顚倒)된 분노가 섞여 있어 분간하기가 어렵다.

해결 방법도 출구도 없는 분노를 겪어본 이들은 알 것이다. '세월호', 그리고 내가 항상 고민하는 나 자신의 어떤 경험은, "아이들이 장난삼아 파리를 죽이듯, 신이 장난삼아 우리를 죽이는"(48쪽) 데서 오는 분노다. 특히 선하고 성실했기 때문에 이용당한 경우나 느닷없이 무고한 피해를 당한 이들의 선택은 두 가지다. 복수하거나 참거나. 상반되는 대처 방식 같지만 둘 다 피해자만 파괴된다.

상처는 재해석될지언정 사라지지 않는다. "너는 아프니? 나는 안 아픈데. 마음을 비우면 되거든." 시장에 넘치는 힐링서 중 정도의 차이는 있으나 문제를 피해자의 마음 탓으로 돌리는 책들이 많다. 어디를 비우라고? 마음은 몸인데 비우면 죽지 않을까? (남에게 비우라고 말하기 전에 '멘토'들은 자기 마음, 아니 통장부터 비우기 바란다.)

어떤 사람은 매일 오후 3시 초콜릿 쿠키 한 개를 먹는 습관을 고치려고 '고통에 관한' 책을 썼고 3킬로를 감량했다. 그러나 매일 밤 초콜릿 케이크 한 판을 시작으로 폭식에 중독된 사람에게 이 책은 열패감을 안겨주었다. 평생 온몸이 종합 병원, 말년엔 루게릭병으로 식도와 혀가 마비되어 8개월간 굶다가 '배고픔과 분노가 없는 세상으로 간' 어떤 이에게, 다른 루게릭 환자의 우아한 인생 강의는 "내 인생은 비참했다."는 유언을 남기는 데 일조했다.

당연히 모든 이들에게 도움이 되는 책은 없다. 그렇다 해도 이런 책들이 삶을 얕잡아 본다는 인상을 지울 수 없다. 고통을 소재 삼은 가벼운 책들이 많이 팔리는 것은 우리 사회가 '부정적' 감정에 대한 두려움과 혐오로부터 자유롭지 않기 때문이다.

미리암 그린스팬은 《우리 속에 숨어 있는 힘-여성주의 심리상담》(1995년)으로 많은 이들에게 도움을 주었다.《감정 공부-슬픔, 절망, 두려움에서 배우는 치유의 심리학》은 좀 더 '개인적', '실용적', 실존주의적이다. 하지만 전작의 인식론적 전제를 공유해야 감정 공부도 수월하다.

책의 요지는 원제(Healing through the Dark Emotions)대로, 고통스러운 감정의 수용을 통한 배움과 치유다. 누구에게나 고통, 상실, 죽음, 취약함, 고립, 혼돈은 두려운 감정이다. 하지만 부정적인 감정은 없다. 견디기 힘든 감정을 서투르게 다루는 방법이 우리를 더욱 괴롭힐 뿐이다.(11쪽)

"도와주세요, 고맙습니다, 감정에 저를 맡깁니다." 치유는 고통에 대한 세 가지 태도에 달려 있다. "우리가 슬픔을 선택한 것이 아니다. 슬픔이 우리를 선택한 것이다. 그러나 그것을 어떻게 대할 것인가는 우리에게 선택권이 있다."(136쪽) 고통받는 인간은 선택받았다. 누구도 이런 선민이 되고 싶지 않겠지만 어쩌겠는가. 이것이 인간의 조건인 것을.

다만, 사회는 이들에게 "(힘이 없는데) 힘을 내라.", "(보고 싶

어 미칠 것 같은데) 잊어라.", "(이미 너무 참고 있는데) 참아라.",
심지어 착취 구조에 갇힌 사회적 약자에게 "왜 그렇게 분노가
많냐."고 분노하지 않기를 바란다. 돕고 싶다면 그들의 분노를
있는 그대로 수용하라. 가장 비윤리적인 분노, 그래서 참아야
할 분노는 딱 하나, 분노하는 이들에 대한 분노다.

# 상처 입히는 기쁨

전체주의의 시대 경험 _ 후지타 쇼조

세월호 사건의 책임자는 누구인가. 당대 우리 사회에서 가장 어려운 질문 중 하나다. 승무원 등 몇몇 관계자에 대한 사법 처리로 문제가 해결됐다고 생각하는 이는 없을 것이다. 이 비극의 원인은? 이렇게 물을 수도 있다. 인과론적 사고는 '이랬다면 일어나지 않았을 것'이라는 얘긴데, 그러기엔 '만일'에 대한 가정이 너무 많다. 해경의 대응부터 '관피아', 신자유주의 체제의 필연, "우리 모두의 잘못"…… 이런 식의 논의라면, 원인을 많이 나열할수록 답은 완벽해진다. 그러니 애초부터 '세월호의 책임'은 우문일지 모른다.

'세월호'가 교통사고라는 이들에 이어 AI(조류 인플루엔자) 사태라고 말한 우리공화당 조원진 의원(대구 달서구 병), "대필은 교육 차원"이라는 교육부 장관(사회부총리) 후보자, 청문회 정회 도중 폭탄주를 마신 장관 후보자. 특히 표절과 대필, 근무

중 학위 취득(혹은 학위 구매도 드문 경우가 아니다)은 관례 같다. 내 기억엔 노무현 정부가 인사 청문회를 도입한 이후 학자 출신 여부, 진보와 보수 가릴 것 없이 이 혐의에서 자유로웠던 이는 한 사람도 없었던 것 같다.

예전엔 이런 현상에 무심했다. 원래 그런 사람들, 나랑 상관 없는 '특수한' 사람들이라고 생각했다. 요즘은 화가 나고 스트레스를 받는다. 이유를 생각해보니 이젠 이런 사람들이 티브이에만 등장하는 것이 아니라 주변에 출몰하고 있어서다. 나도 아는 이들의 비리와 이에 대한 지인들의 비판, 울화통, 좌절이 수시로 벌어진다.

실력은 없고 불성실한 데다 약자에게 함부로 하는 타입의 '출세에 미친' 인재(人災)들이 인재(人才) 행세를 하고 각자 분야에서 활약하다가 공적인 문제가 될 때(예를 들어 청문회가 열릴 때) 그들의 태도. 자기 인식 불능과 대담함, 이것이 통하지 않을 때 피해자를 협박하고 미디어엔 눈물을 보인다. 절망적인 것은 개인차도 없다는 사실이다. 이들이 한국 사회 자체고, 내가 생각하는 '세월호의 원인'이다.

현대 일본 최후의 사상가라고 불리는 후지타 쇼조의 《전체주의의 시대 경험》은 우리의 정신 붕괴와 외로움을 호소할 수 있는 '선생님' 같은 책이다. 젊은 시절 후지타는 총명하고 독특한 지식인이었다. 이후 1960년대 안보 반대 투쟁에 참여하면서부터 고도 성장기의 일본 사회에 절망하게 된다. 이 책의 편집자인 재일 조선인 출신 지식인(이순애)의 소개가 정확하고 멋지다. "그 절망이 불러오는 몰락을 살아낸 기록, 압도적인 시류와 고투 끝에 생긴 상처를 새긴 글."

'전체주의'라는 제목이 주는 선입견은 독서에 방해가 된다. 왠지 옛날이야기 같고 우리 사회에서는 전체주의와 개인주의를 대립하는 개념으로 인식하는 이들이 많기 때문이다(사실은 같다). 이 책은 마거릿 대처의 끔찍한 단언, "경제는 방식일 뿐 목적은 영혼을 바꾸는" 현대 문명에 대한 비판이다. 문장은 거대하고 빽빽한 삼림 같다. 깊고 넓은데도 낱낱이 충실하다. 내려놓을 글귀가 한 줄도 없다.

성공을 추구하는 이들이 그 과정에서 타인에게 "상처 입히는 기쁨"(43쪽)은 '세월호' 분석에 참고가 된다. '세월호'의 원인은 이 기쁨을 맘껏 휘두르는 이들과 이런 능력을 부러워하는 사람들 때문 아닐까. 그래도 일본 사회는 제대로 된 충성과 경쟁이 있다. 우리는 능력 없고 부패한 자의 자신감이 곳곳에서 칼과 돈, 웃음을 팔고 있다. 박경리의 시처럼(〈견딜 수 없는 것〉, 1988년) "劍이 되고 화살이 되는 / 그 快樂의 눈동자 / 견딜 수가 없다" (원문은 "없었다").

상처 입히는 기쁨은 경쟁, 승리, 셀럽 숭배 시대의 인간관계 방식이다. 전통적인 의미의 기쁨인 자기 극복이 아니라 성공을 향한 맹렬한 욕망에 방해되는 모든 사회적 연계를 토막 내는 기쁨이다. 이 즐거움은 주도면밀하지만 보편적 생활 양식으로 인식되어 자연스럽게 보인다. 따라서 자각이 없다. 자각이 없기 때문에 수치심 없는 삶이 쏟아지는 것이다.

사족. 범법 행위를 했으면 청문회 등장은 고사하고 형사 처벌을 받으면 그만이다. 사과도 뉴스도 매우 이상한 사회다. "○○○ 후보자는 사과드린다며 몸을 낮췄다."

# 사랑도 명예도 이름도 남김없이

임을 위한 행진곡 _ 백기완·김종률

무슨 책을 감명 깊게 읽었느냐, 어떤 글귀가 가장 인상적이었냐는 질문을 종종 받는다. 상황에 따라 다르고 자주 바뀌어서 대개는 잘 모르겠다고 대답하지만 실은, 있다. 내 인생의 '말씀'은 가수 태진아의 노래 가사 "사랑은 아무나 하나 어느 누가 쉽다고 했나"다. "그건 책이 아니잖아요?"라고 의아해하거나 농담으로 웃어넘기는 이들도 있지만 내겐 심오한 인생 요약이다. 관계는 삶에서 가장 어려운 일이다.

최근에 정한 두 번째 말씀은 "사랑도 명예도 이름도 남김없이"다. 〈임을 위한 행진곡〉. 원래 백기완의 장편 시 〈묏비나리 - 젊은 남녀의 춤꾼에게 띄우는〉의 일부분, "사랑도 명예도 이름도 남김없이 / 한평생 나가자던 뜨거운 맹세 / 싸움은 용감했어도 깃발은 찢어져……"라고 한다. 동지는 간데없고 찢어진 깃발만 나부끼는 스산한 풍경. 슬픔과 좌절의 절대적인 외로움이 느껴지지만 동시에 묘한 낭만이 있다.

열아홉 살 3월, 이 노래를 처음 접했을 때는 부르는 것도 듣는 것도 어색했다. 너무 비장했고 특히 뜻을 몰랐다. '임'을 위한 '행진곡'이라니. 사랑하는 사람과는 조용히 걸으면 되지, 무슨 행진을 한단 말인가. '임'은 또 조국? 입시 교육의 후유증 때문인지 나는 냉소했다.

그러다가 세월호 이후 사랑도 명예도 이름도 남김 없는 삶이 보통 경지가 아니구나, 그리고 우리 사회가 어린 희생자들에게 빼앗은 것이 무엇인가를 생각하게 되었다.

평소 나는 연소자든 연장자든 연령에 따른 다른 시선(차별)을 싫어했다. 삶의 매 순간은 다 소중하고 균질적이라고 주장했다. 그래서 '꽃다운 청춘', '인생은 육십부터', '요절'처럼 나이와 가치를 연결 짓는 모든 언어에 비판적이었다. (생애 주기 자체가 자본주의 산물이다.)

그래서 10대의 죽음이라는 이슈에는 상대적으로 관심이 적었다. 매일 〈한겨레〉에 실리는 학생들의 얼굴과 글을 읽는다. 나이의 의미와 작동을 무시하고 살다가 '사람이 죽는 나이'는 중요한 문제라는 생각이 들었다. 태어나 10년도 못 살고 학대로 사망하는 아이들이 있다. 혹은 10대의 죽음은 기억하는 이가 적어서, 기억의 장소가 좁아서, 생명의 원래 자리인 어머니의 가슴밖에 묻힐 곳이 없는 죽음이다.

다시 '행진곡'으로 돌아가면, 사랑도 명예도 이름도 남기지 않는 것은 살아 있는 영혼, 존재감 없는 존재, 스스로 몸 둘 곳을 없애 고스란히 우주의 먼지로 돌아가려는 삶이다. 어느 누구에게도 기억되지 않는 것, 모든 역사적 인물의 이름을 지우는 것은 최후의 혁명이다. 불멸을 사려고 전쟁, 돈, 명예, 업적을 얻고 싶은 욕망은 가장 근절하기 어려운 권력 의지다. (나의 글쓰기도 이런 차원에서 크게 벗어나지 않는다.)

세월호로 타살된 이들은 아무것도 남기지 않을 삶에 대한 고민 자체를 빼앗겼다. 이 사실이 가장 나쁘다. 존재 이전에 존재의 의미를 없앤 것이다. 유목과 무명의 인생을 고민하고 설레어하고 마침내 그렇게 살다가, 홀로 황량한 언덕에 서 있는 삶도 영광이다. 삶과 죽음의 가장 큰 차이는 가능성이다. 행이든 불행이든 언제 어떤 일이 일어날지 모를 가능성. 인간은 행복이 아니라 가능성을 추구하는 존재다. 그래서 너무 일찍 죽으면 안 되는 것이다.

우주에서 보면 인간은 하루를 사는 곤충이나 길가의 이름 모를 풀과 다를 바 없다. 그러나 인간은 우주가 아니라 자기가 만든 세상에서 산다. 이름을 얻으려고 발광하다가 타인까지 질식시키는 이들이 있는가 하면, 드물지만 흔적을 지워 가며 사는 이들도 있다. 나 역시 미숙한 범죄자처럼 가는 곳마다 뭔가를 흘리고 다니지만, 나는 욕망한다. 사랑도 명예도 이름도 남김 없는 삶을.

며칠 전 통장을 갱신하러 은행에 갔다가 금융 상품을 선전하는 포스터를 보았다. 평생 연금 지급을 보장한다는 내용이었는데, '평생' 괄호 안에 무려 '110세'라고 쓰여 있었다. 인명 사고를 생산하고 방치하는 내전의 시대인 동시에 장수의 시대에, 우리는 무엇을 남기지 않고 살 것인가.

# 썩지 않는 사랑

모성적 사유 _ 사라 러딕

존 부어먼 감독의 영화 〈태평양의 지옥〉(1968년)에는 흥미로운 설정이 등장한다. 제2차 세계대전 막바지에 미군과 일본군이 망망대해 무인도에 표류한다. 적국의 두 남자는 서로 포로가 되지 않기 위해 싸운다. 포로와 감시자를 교대하다가 기진맥진한 두 사람은 나중엔 포로가 되려고 애쓴다. 포로는 묶여 있지만 쉰다. 간수는 감시하느라 잠도 못 자고 먹을 것을 구하고 땔감을 마련하며 종일 노동하기 때문이다.

나는 이 영화의 이 장면을 매우 좋아한다. 적을 통제한 강자는 환호성을 지르는 것이 아니라 상대방을 먹이고 자연 상태로부터 보호해야 하는 보살핌 노동자가 된다. 보호-보살핌-감시-통제는 연속적 행위다. 통제는 지배와 다르다. 보호는 통제를 동반한다. 통제(걱정, 잔소리, 주의 깊은 관찰) 없는 보호는 없다. 자녀에 대한 부모의 보호에는 훈육이 포함된다. 그렇지 않은 부모가 좋은 부모다? 가능하지 않다.

누구나 보호받기를 원하는 것 같지만 실제로는 그렇지 않고 보호의 현실 또한 간단하지 않다. 세월호를 둘러싼 가장 비등한 여론은 "누가 우리를 보호해주냐?"라는 국가에 대한 불신과 불안감이었다. 그러나 이 사건을 보호 차원에서 접근하는 것은 위험하다. 국가가 강력한 보호자이기를 희망하는 것은 세월호의 대책이 아니라 원인에 가깝다.

기존의 보호는 보호자(주체)와 피보호자(대상)를 전제한다. 피보호자는 보호자에게 세금, 충성, 자유의 부분적 포기 같은 대가를 지불해야 한다. 기존 보호 개념의 가장 큰 문제는 보호자가 보호할 대상과 그렇지 않을 대상을 결정하는 권력을 지닌다는 점이다. 보호자 남성은 여성을 성(性)과 외모 혹은 아버지가 누구냐를 기준으로 보호할 가치가 있는 여성과 그렇지 않은 여성으로 구분한다. 보호자에게는 차별할 권리가 주어진다. 국가가 보호자일 때 국민이 어느 지역과 계급에 속했는가에 따라 보호 의지가 다르다. 지역 차별이 대표적이다. 박근혜 정권은 이마저도 아니고 "왜 그런 걸 요구하세요?"라고 반문한다.

보호를 내세운 통치 체제에서는 국가와 인권 사이의 갈등이 불가피하다. 하지만 보호가 교환과 계약, 보호자와 피보호자의 권력 관계가 아니라 상호 존중, 관계적 자아, 공적 규범으로서 보살핌으로 인식된다면 세상은 조금 달라질 것이다.

사라 러딕의《모성적 사유-전쟁과 평화의 정치학》은 윤리학의 분기점이 된 고전이며 캐럴 길리건의 《다른 목소리로》에 이어 돌봄과 보살핌 철학을 본격적으로 제기한다. 러딕은 보호 대신 보존애(preservative love)를 제시한다.(3장, 126쪽) 보존애는 책임, 보호자의 성찰과 인지, 협상 능력을 요구한다. (이 글 제목 "썩지 않은 사랑"은 보존애를 내가 직역한 것이다.)

《모성적 사유》의 핵심은 노동과 언어의 관계다. 인간의 노동 중 가장 일상적이고 중요하지만 무시된 보살핌 노동의 언어화와 평화의 연관성이 주제다. 모성은 본능이 아니라 제도화된 관행(practice)이다. 모성과 모성적 사유는 다르다. 이 책은 일반의 오해처럼 모성을 찬양하지 않는다. 단지, 노동으로서 모성이 개념으로서 모성적 사유의 기반이 된다는 것이다.

"나는 생각한다, 고로 존재한다."는 관념이다. 생각한 다음 행동하는 것이 아니라 행위가 사유를 만든다. 생각하며 살지 않으면 사는 대로 생각하게 된다? 이 말처럼 '틀린' 말이 '좋은' 말로 회자되는 경우도 드물 것이다. 몸과 정신의 이분법에다 근대의 쌍생아인 생산주의와 '상록수 정신'으로 우리를 들볶는 논리다. 삶은 사유의 실현이 아니라 근거다.

안전은 보호자에게 요구하고 개인의 자유를 보류할 때 보장되는 것이 아니다. 보호는 상호 보살핌이다. 우리 삶에는 이미 보호의 철학적 기반이 있다. 말할 것도 없이 그것은 5천 년간 이어 온 가부장제 사회의 '어머니' 노동이다.

# 빗소리

노란 우산 _ 류재수·신동일

비가 내린다. 그는 자연의 대사(大使), 절대자다. 농사는 말할 것도 없고 홍수, 생계, 통증까지 인간의 삶을 총괄한다.

내 관심사는 비가 어디에 떨어지는가이다. 그리고 빗소리. 빗소리는 비의 지문이다. 비가 닿는 곳에 따라 빗소리는 만 가지 소리를 낸다. 이슬비, 폭우, 비바람……. 비의 종류는 하늘이 관장할 일이고 빗소리의 다양함은 인간에서 일어나는 일이다. 빗소리가 소음일지 실로폰 소리가 될지는 비가 닿는 곳이 결정한다. 양철 지붕, 널어놓은 옷, 물의 표면, 황톳길, 무성한 나뭇잎, 창문, 한적한 도로, 복잡한 거리에 따라 다르다.

내 생각에 《노란 우산》은 빗소리에 집중하는 책이다. 뒤표지에 빗소리를 주제로 한 음악 시디가 있다. 글자는 하나도 없는 그림책이다. 산 지 10년이 넘었는데 그때도 출간 8개월 만에 초판 4쇄본이었다. 이 책을 사랑하는 이들이 많다. 이후 여러 곳에서 재출간되었고 상도 많이 탄 명작이다. 책 표지는 회색 바탕에 노란 우산 하나. 회색이 이렇게 예쁘고 눈이 맑아지는 색이었던가 감탄하게 된다.

내용은 집에서 거리로 막 나온 우산 한 개가 길을 가는데, 페이지를 넘길수록 점점 늘어나 마지막엔 우산이 거리를 메운다. 우산 위의 시점이라, 여러 개의 우산이 활짝 핀 꽃처럼 보인다. 우산에 떨어지는 물방울 소리도 비슷할 것이다. 비의 시작은 같다는 의미인 것 같다.

《노란 우산》은 그림 자체가 이야기지만 이 책을 주제로 삼고 글을 쓴다면 많은 이야기가 나올 것이다. 읽기 나름이 아니라 다시 쓰기 나름인 책, 좋은 책이다. 권력 관계에 관심 많은 나는 '산하'(傘下, 우산 아래)를 주제로 삼아 글을 쓰겠다. 세력의 관할(핵우산, 산하 기관……). 우산 안팎의 쟁투는 인생에 대한 비유다. 사이가 좋지 않거나 몸이 다른 사람이 우산을 같이 쓰면 고역이다. 우산 밖으로 밀치는 사람, 안에서 죽이는 사람, 그런 세상사가 싫어 비 맞으며 걷는 사람. 비 맞은 뚜벅이가 멋있어 보이지만 따뜻한 물로 씻을 수 있는 이와 그렇지 못한 이가 있을 것이다.

아, 어떻게 살아야 하나. 우산 속에서 다툴 것인가, 갖가지 우산 사이를 이동할 것인가, 처음 들어보는 빗소리를 만들어낼 것인가. 비가 피할 수 없는 구조라면 빗소리는 구조에 대한 개인의 반응이다. 그래서 비 온 뒤 상황은 동일하지 않다. 우후의 죽순도 있지만 썩어버리는 화분의 싹도 있다. 비를 맞는 조건이 중요하다. 여름 산행이 겨울 산행보다 동사할 확률이 큰 것은 여름 산은 나무가 젖어 불을 땔 수 없기 때문이다.

이 문제에서 고통만 한 주제는 없을 것이다. 고통의 원인은 세상이 돌아가는 원리, 사람들의 사고방식이 정의롭지 못해서이다. 고통은 해석에 따라 의미가 달라진다. 모든 경전의 주제가 고통, 번뇌인 이유다.

비보다 빗소리처럼 사건보다 사건 이후가 중요하다. 미국은 9·11 이후 정부의 대처가 국민들에게 안정감을 주었다는데 세월호는 지금도 진행되고 있듯이, 그 반대. 세월호 특별법은 첫 번째 빗소리인 셈인데, 간신히 이어지는 가늘고 가쁜 숨소리마저 도려내는 듯 조용한 잔인함만 들린다. 회피와 침묵. 비는 계속 내리는데 빗소리가 들리지 않는 것처럼 무서운 일이 있을까.

세월호를 기억하자고 다짐할 필요도 없다. 비처럼 세월호도 삶의 일부다. 어두운 이야기도 남의 일도 아니다. 누구나 밤마다 잠들지 못하고 베갯잇을 적시게 되는, 보고 싶은 이들이 있지 않은가. 슬픔과 분노를 감추지 않고 눈물과 함께 흐느끼는 소리가 들리게 하라.

바다에 내리는 빗소리는 모호하다. 그러나 진도 바다의 영혼들은 듣고 있을 것이다. 우리가 같은 소리를 들을 수 없지만 역사에 새길 빗소리를 만들어낼 수는 있다. 생각을 멈추지 않도록 하는, 타닥타닥 존재감 있는 소리.

# 나는 무엇을 먹을까?

숫타니파타 _ 법정 옮김

나는 무엇을 먹을까?

나는 어디서 먹을까?

어젯밤 나는 잠을 편히 자지 못했다.

오늘 밤 나는 어디서 잘 것인가?

집을 버리고 진리를 배우는 사람은, 이러한 네 가지 걱정을 극복

하라.

불교 초기 경전 《숫타니파타》의 일부다.(331쪽) 이 네 가지는
나를 포함해 대부분의 사람들이 매일 하는 고민일 것이다. 나는
"집을 버리고 진리를 배우는 사람"도 아닐뿐더러 섭식과 수면
에 문제가 많아 건강이 좋지 않다. 이런 근심이 마땅한 평범한
중생이다. 이런 걱정도 아무나 하는 게 아니다. 수행도 선민의
일이다.

게다가 위 글귀는 먹고 자는 사람의 입장에서 본 세상이다. 타인을 위해서든 자신을 위해서든, 음식을 만드는 사람과 잠자리를 마련하는 사람의 노동은 드러나 있지 않다. 여남 불문, 일상적으로 가사노동에 매여 있지 않은 사람들은 우렁각시가 의식주 관리를 저절로 해주는 줄 안다. 한여름 땀범벅인 채 부엌에서 세 끼니 준비가 심란한 이들은 알리라. 혁명은 하루에 한 끼만 먹는 세상이라는 것을.

한편, 먹고 자는 네 가지를 극복했다기보다 거부하는 사람이 있다. 그러니까 세상에는 먹는 사람, 먹을 것을 만드는 사람, 먹기를 멈춘 사람이 있다. 단식. 먹을 것을 끊는 것은 생의 새로운 단계다. 생리학적, 실제적, 상징적으로 먹지 않음과 잠들지 않음은 반사(半死), 유사 죽음 상태를 의미한다. 진리를 배우는 사람이 집을 버려야 한다면, 진리를 전하는 사람은 몸을 내놓아야 하나보다. 먹고 자는 것이 '일상'이고 이에 마음 쓰지 않는 것이 '수행'이라면, 단식은 수행을 넘어 다른 궤도로의 진입이다.

면벽(面壁)의 원리와 같지 않을까. 면벽이 벽을 넘어 문을 여는 것처럼 먹기를 멈추는 것 역시 새로운 장(章/場)을 여는 것이리라. 이런 이분법이 불편하긴 하지만 개인적 행위로서 '단식'이 있고 사회적 의미를 공유하는 '단식 투쟁'이 있다. 그러나 '단식 투쟁'은 동어 반복이다. 먹고 자는 걱정을 극복하라는 부처의 말씀에 따르면 단식은 극복도 걷어찬, 그 자체로 투쟁이다. 먹을 것과 잘 곳에 연연하지 않고 '집'을 버리는 삶이 수행자의 일상이라면, 단식은 그 일상을 떠나려는 시도다.

《숫타니파타》의 첫 장은 이렇게 시작한다. "치미는 화를 삭이는 수행자는, 악의 뿌리를 송두리째 뽑는 수행자는, 세상 모든 것이 다 덧없다는 것을 알아 미움에서 벗어난 수행자는 이 세상도 저 세상도 다 버린다."

"무소의 뿔처럼 혼자서 가라."의 출전으로 유명한 《숫타니파타》는 불교의 중요한 경전이며 말 묶음집이라는 뜻이다. 《숫타(經)니파타(集)》는 부처님이 돌아가신 후 제자들이 스승의 가르침을 간추려 산문 형태로 묶은 책이다. 시중에 10여 종의 번역본과 해석집이 나와 있다.

세월호 피해 학생 아버지의 단식을 '프로파간다', '정치 입문'이라는 이들에게, 쉽고 자명한 부처님 말씀을 전하고 싶다. 단식은 수행의 절정, 이미 정치다. 그들의 발상은 정치에 대한 무지에서 나온 정치 무시다. 어떤 이의 무식은 아픔이지만, 어떤 이의 무지는 모욕과 사회악을 낳는다.

몸을 긴장시키는 문장이 또 있다. "그대에게 최상의 경지를 말하리라. 음식을 얻을 때에는 칼날의 비유를 생각하라. 혀를 입천장에 붙이고 스스로 배를 비우라."(247쪽) 법정의 주석에 의하면 면도날에 묻은 꿀을 핥을 때는 혀가 베이지 않도록 조심하라는 것. 시주 물건을 사용할 때 번뇌의 더럽힘이 없도록 주의하라는 뜻이다.

세월호 이후 망언 시리즈는 책으로 묶어도 될 판이다. 이들의 혀가 면도날일 리는 없을 것이다. 그렇다면 시주를 너무 받아서 혀를 많이 베인 것인가. 그래서 막말이 막 나오는 것일까. 이들 입안의 피비린내가 세상에 진동한다. 자기가 무슨 말을 하는지 모르는 이에게 '이 세상도 저 세상도 다 버릴 것'을 요구하는 것은 무리겠지만 제발 자기 악취는 스스로 삼키기를, 밖으로 뱉지 않기를 바란다. 세상도 진실도 혹독하다. 이런 이야기를 얼마나 더 들어야 하는가. 얼마나 많은 이들의 고통과 상처를 딛고서야 세월호의 진실이 드러날 것인가.

# 불안 없는 영혼이 더 위험하다

만들어진 우울증 _ 크리스토퍼 레인

제목 그대로 《만들어진 우울증 - 수줍음은 어떻게 병이 되었나》는 자연스런 감정을 질병으로 만드는 사회에 대한 비판이다. 수줍음 같은 소극적 기질을 우울증으로 몰아 막대한 이익을 챙기는 미국의 제약, 의료 산업 구조를 파헤친다. 하지만 우울증에 관한 무지가 심각한 우리 사회에서는 섬세한 읽기가 필요하다. 우울증은 약을 제대로 복용하지 않아 재발하는 경우가 많다. 한국인들은 다른 약은 남용하면서 유독 신경정신과 처방전만은 '의지로 이겨내야 한다'고 생각한다.

의지는 적재적소의 미덕이 가장 중요하다. 그렇지 않은 의지는 재앙이다. 지나친 의지, "하면 된다. 안 되면 될 때까지."는 목표가 무엇이든 바람직하지 않다. '열심'은 복잡한 감정을 불러일으킨다. 주변에 그런 사람이 많아서일까. 내게 '열심'은 치열하거나 성실하다는 의미보다 완장 차고 설친다는 인상이 강하다. 환경 파괴는 덤이다.

이 책은 수줍음이 어떻게 병이 되었나(원제)를 추적한다. '밝고 긍정적인 인상'처럼 무조건 긍정되는 말도 드물다. 자본주의에 적합한 인간형과 기분(mood)이 있다. 체제는 적응형 인간을 정상으로 본다. 활기는 맹목적으로 추구해야 할 가치가 된 반면 우울함, 슬픔, 무기력은 부적응 '증상'이 되었다. 단조형 감정은 자본의 적이다. 자본은 떠들썩한 분위기를 좋아한다. 보이지 않는 손은 없다. 글자 그대로 경기는 '부양(浮揚)'하는 것이다.

부끄러움, 겸손함, 신중함의 미덕은 후퇴했다. 이 책은 성공을 위해 확신에 차 있으며 사교성이 지나치게 좋은 인간 유형을 찬양하는 시대를 분석한다. 수줍음이 아니라 다행증(多幸症)이 문제라는 것이다. 울퉁불퉁한 사람, 내향적인 사람, 염세주의자, 비관주의자, 소심한 사람이 없는 사회가 건전한 사회일까.(7장)

즐거움 집착 현상은 사색이나 고뇌보다 건강, 출세, 스펙, 힐링에 집중한다. 그렇지 않거나 그런 가치에 관심 없는 사람은 낙오자 취급한다. 무조건 당당형, 자기 도취, 근거 없는 자신감에 넘치는 리더들이 많다. 막히는 도로에서, 아니 사회 도처에서 '목소리 크면 이긴다'는 '활기'가 넘친다.

세월호는 매일 충격의 강도를 갱신하지만 '세월호 피로감'은 절정이다. 처음 이 말을 들었을 때 문제 해결을 방치하고 일을 안 하는 정치권과 관료들이 국민에게 피로감을 준다는 뜻으로 착각할 정도였다. 이 표현으로 비판받아야 할 사람들이, 이 말로 피해 집단이 행복을 방해한다고 불평하고 있다. 피해자, 당신들 때문에 피곤하다고.

피로감의 출처는 어디인가. 2014년 4월 16일 이후 사태를 관통하는 공통점은 "누가 할 말을 누가 하고 있는가?"라는 피로감이다. 적반하장이 분노에서 가치관의 혼란과 자기 검열을 거쳐, 집단 우울증을 낳았다. 그들이 말하는 피로의 내용을 알고 싶다. 지겨움? 지겨운 일은 하나도 일어나지 않았다. 오히려 무엇이 이토록 정부와 정치권을 공포에 떨게 하는지 궁금증만 깊어 갈 뿐이다.

피로감 언설은 어두운 일은 잊고 싶어 하는 것이 인간의 본질처럼 얘기한다. 신문이나 방송도 "따뜻한 소식, 즐거운 뉴스가 많은 세상을 희망해봅니다."는 식의 언급을 자주 하는데 그 자체로 좋거나 나쁜 소식은 없다. 뉴스는 정치보다 당파적이다. 사람마다 이해관계, 입장, 위치에 따라 희비가 다르다. 어떤 사람에게 괴로운 사실이 어떤 사람에게는 사태의 진전일 수 있다. 어떤 이에겐 평화로운 것이 어떤 이에겐 부정의일 수 있다. 보편적으로 적용되는 사건의 효과는 없다. 그러므로 "당신은 무엇을 걱정하는가?"보다 "이 걱정이 누구를 위한 것인가?"라는 질문이 더 효과적이다.(257쪽)

한국 사회가 싫어하는 인간형은 진보나 여성주의 이런 쪽(?)이 아니라 생각하는 사람이라고 느낄 때가 많다. 문제 제기, 정확한 질문이 많은 사람도 공격적이라고 기피한다. 생각하는 사람은 모나거나 어두운 사람이라는 편견이 있는 것 같다. 사유는 인간 본성(호모 사피엔스!), 세월호는 영원히 생각할 문제다. 책임지고 해결해야 할 일상이다. 행복 강박을 버리고 비극을 허락하라. 불안 없는 영혼이 더 위험하다.(319쪽)

# 카프카에서 출발하여 까마귀로
# 끝나지 않으려면

구체성의 변증법 _ 카렐 코지크

'K'는 모차르트의 작품 번호로 유명하지만 카프카(Kafka)야말로 본격적으로 K를 독점하기 시작한 인물일 것이다. 이제 카프카는 고유 명사가 아니다. "사유가 카프카에서 출발하여 까마귀로 끝나지 않으려면 …… 전체에 대한 혼돈된 표상으로부터 다양한 규정들과 관계들의 풍부한 총체성으로의 여행이어야 한다. 이것이 현실을 개념으로 만드는 변증법이다."(33쪽) 카프카는 체코어로 까마귀라는 뜻. 이삼십 대에 읽었을 때는 이 문장이 보이지 않았다.

1967년 카렐 코지크가 쓴 《구체성의 변증법》은 여전히 권위를 잃지 않는 고전이다. 현실은 인식 과정을 거쳐 현실이 된다. 그래서 해석과 명명은 중요한 정치다. 그런데 며칠 전 다시 보니 카프카와 까마귀의 관계가 심상치 않다는 생각이 들었다. 통념처럼 카프카는 본질이고 까마귀는 현상일까. 이건 까마귀

무시가 아닐까. 카프카가 까마귀가 되지 않아야 한다면 카프카는 무엇일까.

위 문장은 두 가지를 비판한다. 첫째는 환원주의. 변증법은 환원하는 것이 아니라 현실을 정신적으로 재생산하는 방법이므로 사유의 결과는 "카프카는 카프카다." 그 이상이어야 한다는 것이다. 그렇지 않으면 카프카는 까마귀에 (그 유명한) '불과하게' 된다. 환원은 모든 문제를 계급 문제, 젠더 문제, 인간성 문제라는 식으로 한 가지로 수렴하는 사고다. 사유를 통해 새로운 개념을 만드는 것이 아니라 기성을 반복하는 것이다. 또 하나는 본질을 벗어나면 곤란하다는 의미다. 작가 카프카가 새 까마귀가 되어서는 안 된다.

위 논의는 모두 변증법의 전제인 현실과 언어, 부분과 전체, 객체와 주체 등 쌍생 개념들로 구성되었다. 나는 이런 구분에 동의하지 않고 변증법적으로 생각하는 사람도 아니다. 하지만 카프카와 까마귀는 흥미로운 이야기다. 사실 둘은 코지크의 생각과 달리 각자 독자적이며 고유하고 동등하다. 무관할 수도 있고 경합할 수도 있다. 연결은 없다.

2014년 4월 16일 이후 '전원 구출'이라는 오보에서 시작한 세월호가 지방 선거를 거쳐 유가족에 대한 공격과 정치적 이용, 양보, 협상이라는 난센스가 난무하리라 예상한 사람은 드물었을 것이다. 여전히 세월호는 정의되지 않고 있다. 사건의 진상이 제대로 규명되고 사회적 교훈이 되는 것. 재발 방지라는 기본 과제부터 사회 전반의 정신적 성숙으로 상승하는 것이 '구체성의 변증법'이겠으나, 세월호는 안전 불감증으로 환원되었고 본질은 불순한 세력(정부?)의 개입으로 왜곡되었다.

모든 사유가 중단된 채, 모든 정신적 작용이 삭제된 채, 소박한 휴머니즘조차 발 디딜 곳을 찾지 못하고 흑막과 모욕 앞에 무방비 상태다. 이처럼 세월호의 현재는 코지크가 우려한 환원이자 본질 실종이다.

다시 카프카에게 가보자. 하루키의 《해변의 카프카》의 등장인물 '다무라 카프카'가 무의미할 리는 없다. 일본어의 보통 명사 카프카(カフカ)는 과부하(過負荷)와 가불가(可不可), 두 가지 뜻이 있다. '가불가'는 좋은 것과 나쁜 것, 가능한 일과 불가능한 일이라는 의미다.

프라하에서 태어나 독일어를 쓰는 유대인이었던 프란츠 카프카의 상황은 개념화하기 어려운 '까마귀'였지만, 까마귀를 통해 그는 카프카가 되었고 변증법이 무시한 까마귀마저 변신시켰다. 그의 인생은 과부하 상태였지만 그로 인해 인식의 가능성과 불가능성의 경계를 넘나든 위대한 작가가 되었다.

'황우석'과 '세월호'는 그 자체로 있을 수 없는 일이었지만, 그 이후는 믿어지지 않는 일의 연속이었다. 있을 수 없는 일, 믿을 수 없는 일. 사법 절차도 하세월인 상황이지만 세월호는 기존 인식의 틀을 벗어나야만 접근 가능하다. 비밀과 거짓말, 부패 결탁의 고리는 어느 뉴스에나 등장하지만 '폭식 투쟁'으로 상징되는 일부 시민의 행위는 공동체의 유지라는 측면에서 당황스럽다. 우리는 인간일까. 지속 가능한 삶은 어떻게 가능할까. 세월호는 코지크를 넘어 카프카로도 쓰이고 까마귀로도 쓰여야 한다.

# 유령 팔다리

뫼비우스 띠로서 몸 _ 엘리자베스 그로츠

짧은 길이겠지만 가을의 진입로인지 요즘 심야 라디오엔 외로운 사연과 신청곡이 넘친다. 사랑하는 사람을 다시는 만날수 없다, 다가갈 수 없다, 세상 모든 만물들아 내 마음을 전해다오……. 이 심정이 어찌 사랑(이성애)에 그치겠는가.

상처를 어떻게 정의해야 할까. 처(處). 상처받았다, 입었다, 떠난 자리가 크다는 등의 용법으로 봐서 상처는 몸에 있는 어떤 곳, 장소다. 이곳이 사라지는 경우는 두 가지. 하나는 아픔(傷) 자체가 없어지는 것. 또 하나는 아픔이 너무 커서 그 부위(處) 세포가 죽어버리는 것. 상실이다. 이때 내 몸의 일부를 이루었던 '사람'은 상실'감', 느낌으로 대체된다.

자주 사용하던 물건을 잃어버려도 한참 허전한 법이다. 반려동물이나 가족, 친구, 정인(情人)과의 이별과 죽음. 예술가라면 어떻게든 표현이 가능하겠지. 나처럼 표현이 안 되는 인간은 다른 사람이 된다. 나는 최근 몇 년간 소중한 사람 둘을 잃었다. 그들과 함께했던 과거로 돌아갈 수 없다. 현재 내게 그 시절은 다른 삶, 전생일 뿐이다. 그러니까 그때가 인생이었고 지금 나는 죽어서 지옥에 살고 있다. 나는 숨만 쉬는 유령. 존재하지 않고('사람 구실을 못 하고') 아프기만 하다. 온몸이 환상사지(幻想四肢, phantom limb)인 셈이다.

환상사지는 다양한 책에 여러 번역으로 등장하는 유명한 의학 용어지만 가장 적절한 자리는 엘리자베스 그로츠의《뫼비우스 띠로서 몸》이 아닐까(164쪽~) 생각한다. 이 책은 근대와 탈근대의 몸 철학을 다방면에서 깊이 있게 총괄하면서, 몸과 마음의 이분법을 해체한 고전이다. 해일 같은 지식. '우리나라 사람도 아닌데' 여성주의자라는 사실이 자랑스러울 정도다.

환상사지, 헛팔다리, 유령사지, 환상지……. 나는 '유령 팔다리'로 직역한다. 유령 팔다리는 없는 신체 부위가 아픈 상태를 말한다. 내장 등 다른 부위도 포함되지만 주로 절단한 팔다리, 즉 존재하지 않는 사지가 아프고, 가렵고, 여전히 붙어 있는 느낌으로 고통스럽다. 외과 수술을 경험한 환자의 80퍼센트 이상이 호소하는 증상이다. 1551년 프랑스의 외과 의사 앙브루아즈 파레가 처음 기록했고, 환상사지라는 용어는 1871년 미국의 신경학자 사일러스 위어 미첼이 명명했다.

유령 팔다리 현상의 의미는 다양하다. 몸은 실체가 아니라 기억, 이미지, 희망이라는 것이다. 동시에 잃어버린 사지에 대한 몸 스스로의 애도이다. 없는 부위의 극심한 통증만큼 몸과 마음의 분리가 얼마나 허구인가를 증거하는 현상도 없다.

예전에 "내 안에 너 있다.", "아프냐, 나도 아프다."라는 드라마 대사가 많은 사람들을 아프게, 기쁘게, 슬프게 한 적이 있다. 이것이 유령 팔다리 현상이다. 사랑하는 사람과 그 흔적은 내 몸의 일부다. 그들을 잃으면 평생을 상실감과 함께 살아가야 한다. 특히 이별이 아니라 죽음인 경우에는 방법이 없다. 그 사람을 위할 방법도 사랑할 방법도 없다. 보고 싶지만 불가능하다는 것. 그 고통뿐이다.

유령 팔다리 통증은 자연의 일부, 유물론자일 수밖에 없는 인간의 운명이다. 우리는 영혼도 귀신도, 그들이 따로 모여 사는 하늘나라도 없다는 것을 알고 있다. 죽음은 영원하고 완벽하고 절대적인 사건이다. "사람이 죽었는데." 이 말 앞에서 할 말이 없는 것은 죽음이 누구도 반박할 수 없는 진리이기 때문이다. 유령 팔다리는 살점이 떨어져 나가는 과정의 고통이다. 내 안의 네가 몸밖으로 나갔으니 얼마나 아프겠는가. 부모는 아이를 낳았다. 자녀는 실제로 몸의 일부다. 아이를 잃은 사람의 통증은 또 다른 차원일 것이다.

2014년 4월 16일 이후 내가 쓴 거의 모든 글은 10매든 150매든 세월호에 관한 것이었다. 누군가 알아보고 내게 "유가족이냐?"라고 물었다. 아니다. 하지만 나도 가장 사랑하는 사람을 '충분히 살릴 수 있었는데' 잃었다. 그 분노와 후회. 돌이킬 수 없음. 미칠 것 같은 그리움과 주저앉음. 만 3년이 지나도록 변화가 없다. 사랑하는 이를 잃은 이가 나뿐이겠는가, 세월호 가족뿐이겠는가. 이 고통은 사는 일의 일부다.

# 눈에는 눈, 이에는 이
## 구약성서

"눈에는 눈, 이에는 이"는 보복의 대명사처럼 쓰이지만 실은 공감을 위한 언어다. 며칠 전 지역 도서관 행사에 갔는데 한 여성이 "화를 표현해야 할지, 참아야 할지"를 질문했다. 나는 바로 답했다. "무조건, 맘대로, 즉시 표출하세요. 눈에는 눈, 이에는 이가 맞아요." 그는 물론 청중들은 놀라면서도 즐거워했다.

알려진 대로 함무라비 법전에 규정되어 있고 성서에도 맥락은 다르지만 유사한 구절이 많다. 실행은 어렵지만(?) 우리도 일상적으로 쓰는 말이다.

구약에 "사람이 이웃에게 상해를 입혔으면 그가 행한 대로 상대에게 행할 것이니, 뼈를 부러뜨렸으면 상대의 뼈도 부러뜨려라, 상처에는 상처로, 눈에는 눈으로, 이에는 이로 갚을지라.(〈레위기〉 24:17~20) 신약의 〈마태복음〉(5:38)은 악을 상대하지 말라는 문맥에서 달리 표현한다. "오른 뺨도 내주고 …… 속

옷을 달라거든 겉옷도 내주고 …… 오 리를 가자거든 십 리를 가주고." 구약의 〈출애굽기〉(21:22~25)에는 "서로 싸우다가 여인을 낙태케 하였으면 해가 없더라도 남편의 청구대로 벌금을, 피해가 있었으면 생명에는 생명으로 …… 화상에는 화상으로, 상처에는 상처로, 구타에는 구타로." 〈신명기〉(19:21)는 "상대를 불쌍히 여기지 마라. 목숨에는 목숨, 손에는 손, 발에는 발"까지 나온다. 글자 그대로만 본다면, 임신한 여성에게 해를 끼친 자의 '목숨을 뺏으라'는 〈출애굽기〉의 구절이 인상적이다.

공통된 요지는 같은 상처 입히기. 인과응보의 소박한 형태다. 성서학자들은 〈마태복음〉의 '오른뺨 대주기'가 고상해 보이지만, 〈레위기〉의 율법이 더 공정하다고 해석한다. 이 원칙은 '지나친 정의감,' 즉 복수의 한계를 정한 것이다. 당한 것 이상으로 보복하려는 사태를 막기 위한 법이다. 받은 대로'만' 돌려주어야지 그 이상은 안 된다는 것이다. 이처럼 성서의 원뜻은 정의 실현인데도 불구하고, 이 말은 보복과 전쟁을 부추기는 잔인한 의미로 변했다. 신체형(身體刑)에 대한 묘사가 현대인에게 거부감을 주지만 이는 근대 사법 제도와 차이가 있을 뿐이다.

'평화주의자'들은 이에 반대한다. 대화와 법으로 해결해야 한다고 주장한다. 분노를 관리하라고 권한다. 타임 아웃, 나 전달법, 분노 조절 프로그램 따위가 그것이다. '평화주의자'인 내 생각은 다르다. 이 말은 분노와 무관하다. "눈에는 눈, 이에는 이"는 정의의 기본 법칙이다.

분노의 시작은 억울함이다. 물론, 세상에 억울하지 않은 사람은 없다. 문제는 "누구의 억울함인가? 정당한 억울함인가?" 이다. 분노 자체를 부정적으로 보는 것은 부정의하다. 가해자의 피해의식이나 권력자의 분노는 규범이고, 약자의 억울한 감정만 분노로 간주된다. 분노를 표출해도 되는지를 고민하는 사람은 대개 여성이나 사회적 약자다. '남성'은 이런 의문 자체가 없다. 자기 뜻은 분노가 아니라 권리라고 생각하기 때문이다.

권력은 다수의 억울한 마음을 두려워한다. 그래서 멘토, 치유자를 자처하는 자들을 불러(?) 고결한 가치처럼 보이지만, 실제로는 가장 비열한 폭력인 용서와 화해 이데올로기로 약자의 상처를 짓이기고 미성숙한 인간이라는 죄의식과 자책까지 떠넘긴다. 그래서 우아함은 가진 자의 성품이요, 흥분과 분노는 약자의 행패가 되었다.

이러한 악이 가능한 근본적인 이유는 어차피 복수가 불가능하기 때문이다. 가해자의 입장에서는 다행이 아닐 수 없다. 인간은 사회적 존재지만 사는 양식은 개체다. 가해는 개별적으로 가해진다. 그러나 몸의 개별성으로 인해 고통은 '절대로' 타인과 공유될 수 없다. 인간은 서로 도울 수 있지만 공감은 불가능하다. 이것이 외로움이다. 혼자 태어나 혼자 죽는 것과 비슷하다. 세월호는 한국 사회의 문제지만 그 고통은 '각자들'의 몫이다. 고통을 공감하는 최선의 방법은 똑같이 경험하는 것이다. 상대에게 인식의 기회를 제공하는 것이다. 실현이 어려워서 그렇지, '같은 정도의 보복'이 그것이다.

분노 표현 논쟁은 부차적이다. 분노의 이유를 먼저 생각해야 한다. 누구의 어떤 분노인가. 가진 자의 더 갖지 못한 분함. 이 외의 모든 분노 표현은 격려되어야 한다. 그것이 가진 자의 탐욕이 실현되는 것보다 성숙한 사회를 만든다.

# 好, 삼년상

한 칸의 사이 _ 배병삼

사랑하는 사람이 죽었다는 사실이 '부러운' 사람도 있다. 생사가 확인되지 않거나 시신이 발견되지 않은 경우다. 실종에 지친 이들은 "차라리……"라는 말을, 삼키지도 못하고 호소하지도 못하고 산다. 실종된 자식, 특히 딸의 삶을 상상하는 것만큼 고문은 없다. 그런 점에서 아동 납치 살해 실화를 다룬 미국 영화 〈체인즐링〉의 마지막 대사는 이상하다. 실종된 아이의 시신을 찾은 부모, 생존한 아이들이 집으로 돌아온다. 그러나 가장 애를 쓴 엄마(앤절리나 졸리)는 아이를 찾지 못했다. 그런데 그는 '희망'을 외친다.

시신은 영어로 보디(body)다. 이 단어는 죽음을 실감할 수 있도록 도와주는 실체(body)를 의미하는 것이 아닐까. 최근 변화가 있긴 하지만, 용의자의 자백과 증거가 완벽해도 시신이 없으면 형사 사건이 성립하지 않는다(no body, no case). 사건 자체가 무효다.

세월호 수색 작업이 중단되었다. 실종자 가족대책위원회는 잠수사들의 안전을 고려해 '수중 수색을 내려놓기로' 했다. 아홉 명 실종자의 몸. 부모는 죽음을 실감하는 차원을 넘어 자식의 몸이라도 보고 싶은 것이다. 그리운 감촉은 영원히 사라졌다. 시신을 찾지 못한 유가족에게 무슨 말을 할 수 있겠는가. "함께 울고 있는 사람들이 많을 것입니다." 마음이 전해지기를 바랄 뿐이다.

세월호는 수단을 가리지 않는 돈과 욕망 추구, 파렴치한 '한강의 기적'의 현재 진행형이다. 아니, '한강의 기적'은 어불성설이고, 이 말이 좋은 의미라 할지라도 노동자가 만든 현실이지 기적은 아니다. 오히려 우리 현대사에 기적이라 할 만한 사건이 있다면, 〈녹색평론〉의 존재일 것이다. 이번 호에서 정치철학자 배병삼의 "한 칸의 사이"(58~71쪽)를 읽다가 위로받았고 위로받음에 죄책감을 느꼈다.

처음 한자를 배울 때 좋을 '호(好)'를 이해하는 방식은 대개 "남자랑 여자랑 있으면 좋다."다. 배병삼의 지적이 없었더라면 나도 계속 그렇게 알았을 것이다. 1899년 발견된 갑골문에 따르면, 고대인들은 여성이 어린 자식을 가슴에 끌어안고 꿇어앉아 있는 모습(好)을 좋음, 사랑이라고 생각했고 그렇게 해서 만들어진 글자라고 한다. 남자와 여자가 아니라 어머니와 자식이다. 유교의 장례인 삼년상(三年喪)은 '好', 즉 어머니에 대한 사랑이다. "나와 가장 가까운 사람의 죽음. …… 일상의 질서가 무너지는 느낌에 주목하는 것. …… 상실감의 고통, 황폐한 심정, 다시 만날 수 없는 공허감을 느껴보길 촉구하는 의례가 삼년상"(63쪽)이다. 어미와 자식이 껴안고 있다가 한 사람이 사라졌다. 부정하고 싶은 이 상황을 실감하는 과정이 삼년상이요, 시묘다. 삼년상은 유아기 3년의 절대적 의존 기간에 근거한 것이며 꼭 3년일 필요는 없다.

배병삼의 "우리에게 유교란 무엇인가"를 다시 읽는다. 그간 한국 사회에서 삼년상은 유교의 후진성, 야만성의 상징이었다. 슬픔과 속도주의는 상극이기 때문이다. 강박적인 발전 제일주의에서 슬픔은 지체와 과거 지향을 의미했다. 슬픔은 소모적이라는 통념, 빨리 극복해야 한다는 재촉. 근대화를 위해 삼년상은 괴이함, 비합리성, 비효율로 인식되었다. 의례에 대한 낙인과 함께 슬픈 감정도 부정되었다.

수색 중단. 시신을 찾지 못했다는 사실은 사랑하는 이의 몸과 헤어질 시간이 원천적으로 박탈당했음을 의미한다. 모자녀 관계가 아니더라도 두 사람이 껴안고 있었는데, 한 사람이 사라졌고 찾을 수 없다. 부비고 만지고 안고 수없이 뒤돌아보는, 작별할 몸이 없다. 그날 하늘이 대신 울어주었다.

사족. 흔히 유교와 페미니즘은 대척점에 있다고 여겨지지만(66쪽), 내 생각은 다르다. 각각의 사상들은 맥락에 따라 적대하기도 하고, 조우하기도 하고, 무관하기도 하다. 본질적인 대척은 없다. 원전, 해석, 실행(경험)이 일치하는 이론은 없기 때문이다. 유교, 여성주의, 마르크스주의, 심지어 파시즘도 이론은 훌륭하다. 문제는 권력으로서 지식이 약자에게 억압의 근거로 작동하는 현실이다. 아무리 위대한 사상도 인간의 실행에 불과하다.

# 아이고 사건

스물한 통의 역사 진정서 _ 고길섶

국가보안법은 사법적 장치를 넘은 지 오래다. 범법 행위 처벌은 물론이고 머릿속 생각을 지배하는 무의식의 조종자다. 이 법은 국민 개개인의 자기 검열과 사회적 시선을 지도한다. '막걸리 보안법'이 가장 유명한 사례다. 군사 정권 시절, 술자리 대화가 신고되어 구속된 서민들이 비일비재했다. "세상이 한번 뒤집어졌으면 좋겠다, 소련 우주 과학이 미국보다 앞섰다, 김일성 만세!" 같은 주사(?) 때문이었다.

'송아지 보안법'도 있었다. 1964년 대전 방송국의 방송 대본이 문제였는데, 당시 검사의 기소 요지가 흥미롭다. "송아지를 애지중지한 가난한 농촌 가정이 있었는데 자본가가 하찮은 유희욕과 즉흥적 기분으로 송아지를 잔인하게 수탈하는 장면을 묘사하여 자본주의의 모순을 제시했다."는 것이다.(박원순,《국가보안법연구 2》, 72쪽) 검사도 자본주의의 모순을 잘 알았던 모양이다.

김대중 대통령이 취임한 1998년은 제주 4·3 사건이 발발한 지 50주년이 되는 해였다. 50년 만에 제주는 목소리를 낼 수 있었다. '아이고 사건'도 막걸리 보안법만큼이나 회자되었던 현대사의 비극인데 문화 연구자 고길섶이 기록했다. (참고로 《4·3은 말한다》는 대한민국 국민의 필독서다!)

1949년 1월 17일 아침, 제주도 구좌읍 세화리에 주둔한 중대 병력 일부가 함덕으로 가던 중 마을 어귀에서 게릴라의 기습을 받아 군인 두 명이 숨졌다. 군인들은 동료 전사자의 시신을 길거리에 버려두고 본부로 돌아갔다. 마을 연장자 여덟 명이 시신을 수습하여 함덕리 대대본부로 찾아갔는데, 대대장이 없는 사이 하급 장교들이 시신을 들고 온 노인들을 모두 사살했다. 이후 이들은 가옥 3백 채를 불태우고 마을을 초토화한 다음, 주민 1천 명을 초등학교 운동장에 모이게 했다. 총살이 시작되었다. 뒤늦게 도착한 상급 지휘관의 명령으로 학살은 중단되었지만 4백 명의 무고한 희생자를 낳았다.

그로부터 10년 후. '아이고 사건'은 박정희 정권의 중앙정보부가 생긴 지 얼마 되지 않았을 때 일어났다. 마을 사람들이 군대에서 죽은 청년의 꽃놀림(객지에서 죽은 이를 위해 상여를 메고 마을을 한 바퀴 도는 것)을 하던 중, 10년 전 그곳 운동장에 이르자 그때 억울하게 죽은 이들이 생각나 감정이 북받쳐 대성통곡했다. "아이고, 아이고." 하는 곡소리가 경찰 상부에 보고되었

고 이장을 포함한 사람들이 붙잡혀 고초를 당했다. 이것이 '아이고 사건'이다.(76~78쪽)

눈물을 금지하는 원리는 같다. 어렸을 적 부모나 교사에게 억울하게 혼났을 때 울면 안 된다. "뭘 잘했다고 울어!" 한 대 더 얻어맞기 십상이다. 때린 사람은 우는 사람이 불편하기 마련이다. 가해자의 논리는 "(나는 가해자가 아닌데) 네가 우니까 내가 가해자가 된 것 같아 기분 나쁘다. 고로 네가 가해자."다. 자기 행동을 피해자 탓으로 돌리고 심지어 동의와 웃음을 강요한다. 아이고 사건은 눈물이 불법을 넘어 체제 위협으로 간주된 예다. 눈물＝체제 위협. 눈물은 힘이 세다.

세월호 이후 사람들의 태도는 다양했다. 함께 고통스러워하는 사람, 안타까움에 어쩔 줄 모르는 사람, "기억하자. 그러나 그만 울자, 산 사람은 살아야지." 같은 현실파……. "시끄럽다.", "우울하다."고 하며 짜증내는 이도 있다. 문제는 재난 사고에 대처하는 당국이다.

세월호가 단순 교통사고라고 말한 이가 있었다. 이 발언은 비판받았지만 맞는 말이기도 하다. 단순한 교통사고를 정치적 문제로 만든 세력이 누구인가. 바로 교통사고라고 말한 사람들이다. 그들은 기진맥진해 있는 유가족을 불순파, 순수파로 나누고 언론 플레이를 했다. 세월호가 정치권 핵심부의 비리라는 항간의 소문이 '사실'인가 보다.

눈물은 정치적이다. 그래서 '아이고 사건'은 어디에나 있다.

여론이 약자에게 동정을 보일 우려가 있고, 사랑하는 이를 잃은 슬픔은 걷잡을 수 없는 힘이 있기 때문이다.

안산 시내에 걸린 노란 리본의 내용은 슬픔보다 진상 규명 요구가 많았다. 내가 가장 분노한 문구는 "(생존 학생의) 특례 입학 요구는 유가족의 입장이 아닙니다."였다. 유가족이 왜 이런 해명을 해야 하는가. 슬퍼할 시간도 부족할 텐데.

# 잊힐 것이다

## 잊지 않겠습니다 _
### 4·16가족협의회·김기성·김일우·박재동

모든 가족이 화목한 것은 아니다. 사고무친으로 태어난 이들도 있다. 가정의 달, 민망한 이름이다. 우리집도 스위트 홈과는 거리가 멀었지만 엄마와 나는 특별했다. 내 인생은 엄마의 죽음 전후로 나뉜다. 삶의 엔진이었던 엄마가 사라지면서 동시에 내 숨도 멈췄다. 살아갈 이유와 방향이 없다. 잃을 것도 원하는 것도 없다. 바라는 것은 단 하나, 엄마를 만나는 것이다.

가장 중요한 사람과의 영원한 이별. 비교 가능한 죽음은 아니지만 나는 세월호 유가족과 동일시하며 살았다. 그래서 가장 불편하고 이상한 말이 "잊지 않겠습니다."이다. 내 삶에 재건 가능성은 없다. 폭삭 주저앉았다. 불치병으로 엄마를 잃은 내가 이럴진대, 살릴 수 있었던 자식을 바다에 보낸 유가족들은 어떻겠는가. 매일매일 생각나는 아이들, 그러나 다시 볼 수 없는 그 아이의 부재가, 어떻게 잊고 안 잊고의 문제겠는가.

《잊지 않겠습니다》는 〈한겨레〉에 2014년 6월 15일부터 세월호 추모 기획으로 연재된 학생들의 얼굴 그림과 가족들의 편지를 모은 책이다. 독자들은 매일 아침 그들과 마주했다. 한국 언론 역사에 지속적으로 거론될 만한 일이다. 글을 쓴 유가족들은 물론이고 박재동 화백과 김기성·김일우 기자에게 경의를 표한다. 나는 끝까지 읽은 글이 거의 없다. 그러나 그들은 고통과 마주하는 초인적 인격을 발휘했고 책이 나왔다.

사실, 잊지 말아야 할 유일한 주체는 국가밖에 없다. 그들만 안 잊으면 된다. "잊지 않겠습니다."는 공무원이 월급 받고 하는 업무다. 재발 방지, 유가족 위로, 진실 규명……. 국가가, 대통령이 있는 나라인지 모르겠지만 그들의 정치는 당연한 행정까지 마비시켰다.

"잊지 않겠다."는 선의의 언어지만 엉뚱한 곳을 떠돌고 있다. 유가족이 아닌 사람의 입장이다. "이 현실을 어떻게 받아들여야 할지……. 앞이 깜깜해지는 이 길을 어떻게 걸어 나가야 할지……."(314쪽) 김동현 군 어머니의 심정은 유가족의 보편적인 상황일 것이다. 현실과 현실 부정, 그리움 사이에서 몸부림칠지언정 "잊지 않겠다."는 다짐은 가능하지 않다.

반대로, 당사자가 아닌 사람은 다짐을 거듭해야만 잊지 않을 수 있다. 그것도 보장된 일은 아니다. 이미 다른 처지. "당신 아이는 살아 있잖아요.", "아이(시신)를 찾았잖아요." 언어의 가장 큰 특징은 의미의 배타성이다. 각자의 인생이 다르기 때문이다.

더구나 죽음 앞에서 무슨 합의가 가능하겠는가. 말마저 외로워진다.

"잊지 않겠습니다."는 원래부터 문제적인 언설이다. 일단, 잊지 말아야 할 일들이 너무 많다. 1993년 전북 부안군 서해 훼리호 침몰 사고(292명 사망), 1995년 서울 삼풍백화점 붕괴 사고(502명 사망), 2003년 대구 지하철 화재 사고(192명 사망).(14쪽) 내가 어렸을 적 이리(익산)역 폭발 사고도 기억난다. 그 누구도 다 기억하고 살 수는 없다.

예상치 못한 심각한 문제가 또 있다. 사건 이후 몇 개월간 나는 계속 세월호에 대해 썼는데, 어느 날 독자 편지를 받았다. "불공평하다, 왜 세월호만 기억하냐."는 것이다. 자신은 중증 장애 아동을 키우는데 그런 부모의 고통을 생각해본 적이 있냐고 '항의'했다. 고통을 비교하는 대신 연대하자는 하나 마나 한 답장을 보냈지만 나는 깨달았다. "잊지 말자."는 일상이 고통인 이들에겐 해당되지 않는, 배제의 말이라는 것을.

우리 모두가 알고 있다. "이제 시간이 계속 흐를 것이다."(428쪽, 박재동), "잊힐 것이다."(430쪽, 김기성·김일우) "잊지 않겠습니다."보다 "잊힐 것이다."가 더 윤리적이다. 망각해서는 안 된다는 강박과 망각의 필연 사이에서, 시간이 지날수록 기억 피로 운운하는 여론이 고개를 들 것이다. 이 책이 소중한 이유는 잊힐 것이라는 자각, 4·16이 이제부터 시작임을 일깨워주기 때문이다.

보편적인 말은 없다. 어떤 이에게 착한 말이 어떤 이들에겐 비현실적이다. "잊지 않겠다."는 고통 외부의 시각이다. 기억해 '준다'가 아니라 당사자의 언어를 찾아야 한다. 예컨대, 슬픔이 일상의 일부라면 기억 투쟁은 필요하지 않다. 상실과 상실감은 인간성이다.

# 주머니 안의 송곳

삼국유사 _ 일연

　주머니 안의 송곳, 낭중지추(囊中之錐)는 "재능이 뛰어난 사람은 숨어 있어도 저절로 알려진다."는 뜻을 지닌 널리 쓰이는 고사성어다. 《삼국유사》 제5권 '피은(避隱)' 편은 숨어 사는 승려들의 행적에 관한 이야기인데 그중 고승 연회(緣會)의 사연을 읽다가, 내 몸에 정박했던 세월호가 염두에 섰다.

　연회는 '벼슬로 나를 얽매려는' 왕의 부름을 피해 은신처마저 떠나려 한다. 그러자 "숨어사는 이곳에서도 이름이 높은데, 여기나 거기나 어차피 매명(賣名)은 마찬가지"라는 현자의 말을 듣고 국사(國師)가 된다. 나중에 그는 이렇게 썼다. "저자 거리에 가까우면 오래 숨어살기 어렵고 주머니 속의 송곳 끝은 삐져 나와 감추기 어렵다네……."(553~555쪽)

　유래는 사마천의 《사기》다. 조나라 재상 평원군(平原君)은 자기 집 식객 중에서 전쟁에 데리고 나갈 수행원 20명을 뽑고자 했다. 모수(毛遂)라는 사람이 지원하자 평원군은 "재능이 뛰어난 사람은 마치 주머니 속의 송곳 끝이 밖으로 나오듯이 드러나는 법인데 나는 당신을 본 적이 없소."라고 거절했다. 모수는 "저를 주머니에 넣어주시지 않았기 때문입니다. 하지만 이번에 넣어주신다면 끝뿐만이 아니라 자루까지 드러내 보이겠습니다."라고 대꾸한다.

뛰어난 사람, '주머니 안의 송곳'과 비슷한 말은 군계일학, 발군, 출중 등이 있다. 낭중지추에서 송곳은 '내부'에 있지만 나머지 세 단어에서 송곳은 '무리(群, 衆) 속'에 섞여 있다. 즉 후자는 비유가 아니라 글자 그대로 뛰어남을 의미하지만 주머니 속의 송곳은 비유다. 평원군도 '마치'라는 표현을 썼다. 비유는 다른 해석, 번역이 가능하다.

송곳이라는 우리말 어감 때문인지 이 말은 본뜻과 달리 견딤과 파열의 긴장이 있다. 송곳은 연장통에 있어야지 헝겊 주머니에 넣은 것 자체가 이미 문제 아닌가. 주머니는 찢어지게 되어 있다. 그렇다. 주머니 안의 송곳이 재능이 아니라 고통이나 슬픔이라면? 주머니가 몸이라면? 낭중지추가 슬픔이 몸밖으로 나온다는 뜻이라면?

지금 생각해보니 나는 이 말을 '눈에 띈다'로 느껴본 적이 없었다. 내부에서 금기된 것, 어쩔 수 없는 것, 이물, 내보내야만 살 수 있는 것들이 나오려고 몸부림쳐서 기진한 몸의 표현이다. 감당하지 못하는 몸은 터지거나 새거나 우리가 '혐오'하는 상태로 뿜어져 나온다. 몹시 아프다. 몸의 안팎이 뒤집어지는, 사느냐 죽느냐의 고통이다. 구토, 두피의 붉은 점상들, 한없이 흐르는 체액. 몸에 그만한 양이 있었나 싶은 것들이 나온다. 한 달 이상의 하혈, 고막이 터질 것 같은 콧물, 멈추지 않는 가래, 눈물에 부어 보이지 않는 눈동자……. 아, 언제 멈출 것인가. 이런 몸의 고통은 사회적, 관계적 문제로 인한 것이 대부분이라 의료적 처치가 어려운 경우가 많다.

인생에서 가장 슬픈 일은 사랑하는 사람을 잃는 것이다. 상실을 인정하지 못하면 몸에 망자가 상주한다. 몸에서 내보내야 내가 살지만 그럴 수 없다. 아니, 그러기 싫다. 나는 슬픔을 당한 것이 아니라 슬픔을 선택했다. 시간이 지나도 탈상(脫喪)은 없다. 얼마 전 존경하는 분의 모친상에 다녀왔다. 원래 장례식, 결혼식에 일절 가지 않는 나로서는 힘든 일이었다. 어이없는 말이지만, 나는 중요한 사실을 알게 되었다. 우리 엄마만 죽는 게 아니구나. 다른 사람의 엄마도 죽는구나. 내 어머니나 그분의 어머니나 비록 고통스러운 질병이었어도 연로하셨다.

그런데도 나는 5년째 어머니의 유품을 정리하지 못하고 삶은 계속 유예 상태다. 미래도 현재도 없다. 내가 제일 슬프다. 나만 당사자니까. 평범한 생로병사의 죽음도 이러한데 세월호는 부모가 아니라 자식의 죽음, 게다가 국가의 폭력이었다. 죽음의 이유와 과정도 밝혀지지 않았다. 자녀와 친구를 잃은 그들의 몸은 어떠할까. 당신들은 어떻게 살고 있나요.

# 잠실 밖으로 던져진 누에

사라진 손바닥 _ 나희덕

지난 2016년 8월 19일 저녁, 안산시 단원고등학교 운동장에 있었다. 세월호에서 희생된 학생들이 생활했던 교실('기억 교실')과 개인 유품, 책상 등이 2년 4개월, 858일 만에 영원히 사라진다. 안산교육청 별관으로 임시 이전되기 전날, '기억과 약속의 밤' 행사가 열렸다. 시인 나희덕, 가수 이상은, '자전거탄풍경', '우리나라'는 눈물로 노래를 불렀다. 아이들 책상 위에는 '이삿짐' 박스와 함께 빼빼로, 허니버터칩, 편지와 꽃들로 수북했다.

학교와 경기도교육청, 그리고 유가족 사이에 교실 존치를 둘러싼 갈등은 예고된 일이었다. 그동안 유가족과 살아남은 친구들에게 '2학년 1~10반(명예 3학년 1~10반)', 교실 10개는 기억과 위안의 공간이었다. 반면 교육 관료나 다른 학부모에게는 사용할 수 없는 공간 혹은 떠올리기 싫은 곳일 수 있다.

우리 문화에서 망자의 유품은 치우는 것이 관례다. 하지만 세월호는 다르다. 가족들이 기억 교실을 그토록 원하는데 학생 수를 줄이고 교실을 그냥 두면 안 될까. 지금 이 순간에도 그날의 진실이 차근차근 조직적으로 사라지고 있다. 진실 규명에 대한 박근혜 정권의 편집증적 공포가 우리를 이토록 절망케 하는데, 기억 교실이라도 계속 있어야 하는 것 아닌가?

최근 몇 년 동안 이날처럼 많이 운 적이 없다. 무더운 여름밤, 흙바닥 운동장에서 땀과 눈물로 범벅된 내 옷은 소금내가 날 지경이었다. 내 어머니는 2011년 돌아가셨다. 엄마가 세상에 없다고 생각하면 살 수 없으므로, '엄마는 죽지 않았다'. 하지만 세월호 아이들은 죽었다. 내 가족의 죽음은 인정할 수 없는 '비현실'이고, 남의 가족의 죽음은 '현실'이었다. 타인의 죽음은 현실적이므로 나는 맘껏 슬퍼할 수 있었다. 게다가 나는 어머니가 돌아가신 이유를 안다. 유가족들은 아이들이 왜 죽었는지 모른다.

엄마의 옷, 병원 MRI 필름, 성당 주보, 수첩, 명함, 면 수건까지 단 하나도 버리지 않았다. 주변에서는 아직도 탈상(脫喪)을 못했다며 걱정하지만 꼭 탈상을 해야 제대로 사는 것인가? 죽음을 상기하는 물건들(시신, 유품……)은 반드시 태우고 없애야 하는가. 어차피 삶은 죽음을 향해 가는 길, 죽음을 기다리는 시간이다. 먼저 가 있는 이들과 함께 생활하는 것은 특별한 일이 아니다.

나희덕 시인은 〈난파된 교실〉을 낭송했다. 그의 시는 셌고 슬펐다. 나를 비롯해 독자층이 두터운 뛰어난 시인이다. 분출하는 언어가 항상 출렁거린다. 대상과 시인 자신을 동일시하고, 주체와 객체를 자연스럽게 교환하는 자질을 타고났다는 평가를 받는다. '너와 나' 사이를 고민하고 긴장하면서 넘어서고자 하는 그 같은 사람을, 우리는 '여성주의자'라고 부른다.

그의 시집 《사라진 손바닥》에 실린 시 〈검은 점이 있는 누에〉가 생각났다.(96, 97쪽) "蠶室(잠실)에서 가장 두려운 적은 파리다 / 문을 단단히 닫으라던 어른들의 잔소리도 / 행여 파리가 들어갈까 싶어서였다 …… 누에들이 뽕잎을 파도처럼 / 쇄아 쇄아 베어 먹고 잠이 든 사이 / 파리가 등에 앉았다 날아가면 / 그 자리에 검은 점이 찍히고, / 점이 점점 퍼져 몸이 썩기 시작한 누에는 / 잠실 밖으로 던져지고 마는 것이다……."

교실 이전은, 어른의 잘못으로 나비가 되지 못한 애벌레를 "검은 점이 찍혔다고 누에 집 밖으로 던져버리는 것"이다. 그날 가장 인상적인 이야기는 세월호에서 오빠를 잃은 여중생이, 오빠랑 같이 있기 위해 주변의 반대를 설득하면서 단원고에 진학하겠다는 호소였다. 사랑하는 사람이 죽었다고 해서 사랑이 변하는 것은 아니다. 사람이 변해 적응하는 것일 뿐. 보고 싶은 오빠와 같은 공간에 있고 싶은 소녀의 마음. 그는 '기억 투쟁의 약속'을 다짐할 필요가 없다. 죽음과 슬픔의 기억은 애쓰지 않아도 되는 자연스러운 것이다.

# 4·3은 말한다

4·3은 말한다 _〈제민일보〉4·3 취재반

생각을 멈추게 하는 책이 있다. 기존의 인식을 모두 버리게 되는 책. 내게는 《4·3은 말한다》가 그런 책이다. 이 책을 읽은 후 '제주 4·3'은 내 인식의 기반이자 나침반이 되었다. 한국의 인문학은 4·3에서 시작되어야 하지 않을까. 나는 간혹 "국정 교과서 찬성, 내용은 여성과 노예의 노동이어야 한다."고 '농담' 한다.

역사는 시간 순서상의 배열이 아니라 장소와 주체의 이야기다. 역사 교과서가 한국 현대사와 4·3으로부터 시작된다면, 정권이 바뀔 때마다 이념도 없는 이념 논쟁 따위는 발생하지 않을 것이다.

《4·3은 말한다》를 이 지면에 처음 쓴다. 한번밖에 읽지 못했기 때문이다. 아니, 어떤 면에서는 한번도 제대로 읽어내지 못한 것 같다. 오랜 세월 마음속에 있었지만, 리뷰를 하려면 다시 읽어야 하는데 엄두가 나지 않았다. 다섯 권, 각각 5백~6백 쪽에 달하는 분량도 분량이거니와 책 내용을 머리에 다 담지 못했다. 책의 일부는 악몽으로 재연되었다. 《4·3은 말한다》는 읽는 이의 윤리학과 정치학을 신문(訊問)한다.

이 지면에서 나는 4·3을, 《4·3은 말한다》를 말할 수 없다. 글쓰기의 두려움과 부끄러움을 잊지 않도록 하는 책일 뿐이다. 7년 7개월간의 사건 전개(1947년 3월 1일~1954년 9월 21일), 3만 명의 희생자, 언어화하기 힘든 폭력의 양상, 10년 동안의 취재와 기록, 6천 명의 증언자, 미군정 비밀문서를 포함한 자료만 2천 종. 김종민 기자를 비롯한 〈제민일보〉 4·3 취재반은 어떤 이들인가? 이들은 내가 아는 '쓰는 자'의 의미를 재정의했다.

1997년, 김대중 전 대통령은 가장 확실하고 구체적인 4·3 진상 규명 의지를 공약으로 내걸어 제주도 전 지역에서 1위 득표를 했다. 하지만 '제주 4·3 특별법' 제정 이후에도 4·3의 역사는 계속되고 있으니 무슨 말을 더 할 수 있으랴. 피해자 가족의 신고는 드물다. '피해자'와 '가해자'가 가족을 이룬 경우가 많기 때문이다. 이처럼 역사는 언제나 현재의 언어다.

4·3 연구의 가장 기본적이고 정확한 자료인 이 책은 〈제민일보〉 연재 당시인 1993년 압도적 지지로 한국기자상을 수상했고 일본어로도 출판되었다. 내가 이 책을 '인문학 입문서'로서 강력하게 주장하는 이유는 단지 '기자 정신'이라고 말하기만은 힘든, 쓰는 자의 마음이 글의 장르 자체를 바꿀 정도의 힘과 진정

성을 지녔기 때문이다. 그 정신이 인간사(고통, 희생, 한, 분노, 국가, 폭력, 가족……)의 모든 것을 드러내고 있다.

이 책은 역사, 문화인류학, 젠더 연구 등 그 어떤 학문 분과의 전문서라 해도 부족함이 없다. 어떤 전문가가 이렇게 쓸 수 있을까. 나는 이 책을 읽은 후 기자와 학자를 구분하지 않는다. 모두가 쓰는 자(記者)일 뿐이다. 문제는 쓴다는 행위에 따른 성실성과 노동, 그리고 윤리다. 이 책의 저자들 덕분에 우리는 지금 여기에서(근대-세계사 속의 한국) '인간', '역사', '언어'를 공부할 수 있는 첫 책을 얻었다.

세월호가 인양될 때 아무 말 없이 며칠을 보냈다. 어떤 상호 비교도 적절하지 않지만, 《4·3은 말한다》를 다시 읽을 수 없는 심정과 비슷했다. 이 책을 읽은 이들의 공통적인 독후감은 "자기 인식의 한계에 대해 생각함", "세월호에 관해 말하는 방식을 다시 생각함"이 아닐까.

세월호의 '미수습자'와 4·3의 '행방불명자'. 세월호는 떠올랐고 4·3은 법의 영역에 들어왔지만 그것이 무슨 의미인가. 유족들의 경험과 역사 쓰기는 어떤 차원에서 만날 수 있을까. 어쩌면 이 질문만이 유일한 사실(史實)일지도 모른다.

## 1장 윤리학과 정치학은 글쓰기의 핵심이다

《새들은 제 이름을 부르며 운다》, 김형경 지음, 민예당, 1994

《싸가지 없는 진보》, 강준만, 인물과사상사, 2014

《목민심서》, 정약용 지음, 이을호 옮김, 현암사, 1972

《미디어의 이해》, 마셜 매클루언 지음, 김성기·이한우 옮김, 민음사, 2002

《대통령과 종교》, 백중현 지음, 인물과사상사, 2014

《내 무덤, 푸르고》, 최승자 지음, 문학과지성사, 1993

《만들어진 고대》, 이성시 지음, 박경희 옮김, 삼인, 2001

《지젝이 만난 레닌》, 슬라보예 지젝·블라디미르 일리치 레닌 지음, 정영
        목 옮김, 교양인, 2008

《생명권 정치학》, 제러미 리프킨 지음, 이정배 옮김, 대화출판사, 1996

《숨통이 트인다》, 장서연 외 지음, 포도밭, 2015

《성장하지 않아도 우리는 행복할까?》, 세르주 라투슈 지음, 이상빈 옮김,
        민음사, 2015

노무현 전 대통령 유서, 2009

《표현의 기술》, 유시민·정훈이 지음, 생각의길, 2016

"왜 한국 개신교는 '동성애'를 증오하는가", 〈인물과 사상〉, 한채윤 씀,
        2016년 1월호

《아무것도 바라지 않는 죽음 앞에서》, 복거일 지음, 문학과지성사, 1996

《도덕경》, 노자 지음, 노태준 옮김 · 해설, 홍신문화사, 1984

《평범한 가정에 태어났더라면》, 박근혜 지음, 남송문화사, 1993

"신약성서", 《성서》, 대한성서공회, 1977

《노년은 아름다워》, 김영옥 지음, 서해문집, 2017

《감옥으로부터의 사색》, 신영복 지음, 돌베개, 1998

《연암 박지원의 글 짓는 법》, 박수밀 지음, 돌베개, 2013

《기형도 산문집》, 기형도 지음, 살림, 1990


## 2장 당사자의 글쓰기는 혁명의 꽃이다

《밀양을 살다》, 밀양구술프로젝트 지음, 오월의봄, 2014

《그럼에도 불구하고 수업합시다》, 홍은전 지음, 까치수염, 2014

《그래도 삶은 계속된다》, 켄트 너번 지음, 김성 옮김, 고즈윈, 2010

《그의 슬픔과 기쁨》, 정혜윤 지음, 후마니타스, 2014

《보다》, 김영하 지음, 문학동네, 2014

《엄마 냄새 참 좋아》, 유승하 지음, 창비, 2014 · "을밀대 위의 투사 강주
　　룡", 《20세기 여성 사건사》, 박정애 씀, 여성신문사, 2001 · 〈식민지
　　시대 여성노동운동에 관한 연구〉, 서형실 지음, 이화여대 여성학과
　　석사 논문, 1990

《더 리더》, 베른하르트 슐링크 지음, 김재혁 옮김, 이레, 2004

《우리 균도》, 이진섭 지음, 후마니타스, 2015

《사람 곁에 사람 곁에 사람》, 박래군 지음, 클, 2014

《몸의 일기》, 다니엘 페나크 지음, 조현실 옮김, 문학과지성사, 2015

《나는 평화를 기원하지 않는다》, 김재명 지음, 지형, 2005

《반짝이는 박수 소리》, 이길보라 지음, 한겨레출판, 2015

《꿈에게 길을 묻다》, 고혜경 지음, 나무연필, 2016

《멀고도 가까운》, 리베카 솔닛 지음, 김현우 옮김, 반비, 2016

《나는 가해자의 엄마입니다》, 수 클리볼드 지음, 홍한별 옮김, 반비, 2016

《The Gay 100》(전 2권), 폴 러셀 지음, 이현숙 옮김, 사회평론, 1996

《혐오와 수치심》, 마사 너스바움 지음, 조계원 옮김, 민음사, 2015

《아만자》(전 2권), 김보통 지음, 예담, 2014

《아픈 몸을 살다》, 아서 프랭크 지음, 메이 옮김, 봄날의책, 2017

《길, 저쪽》, 정찬 지음, 창비, 2015

《윤동주 시집》, 윤동주 지음, 마당문고, 1986

《인간을 넘어서》, 나카무라 유지로 · 우에노 치즈코 지음, 장화경 옮김, 당
대, 2004


## 3장 글쓰기의 두려움과 부끄러움

《이야기 해 그리고 다시 살아나》, 수잔 브라이슨 지음, 고픈 옮김, 인향,
2003

《호모 사케르》, 조르조 아감벤 지음, 박진우 옮김, 새물결, 2008

《민족주의의 기원과 전파》, 베네딕트 앤더슨 지음, 윤형숙 옮김, 사회비평
사, 1991

《감정 공부》, 미리암 그린스팬 지음, 이종복 옮김, 뜰, 2008

《전체주의의 시대경험》, 후지타 쇼조 지음, 이순애 엮음, 이홍락 옮김, 창
비, 1998

〈임을 위한 행진곡〉, 백기완 작사 · 김종률 작곡, 1981

《모성적 사유》, 사라 러딕 지음, 이혜정 옮김, 철학과현실사, 2002

《노란 우산》, 류재수 지음 · 신동일 작곡, 재미마주, 2001

《숫타니파타》, 법정 옮김, 이레, 2005

《만들어진 우울증》, 크리스토퍼 레인 지음, 이문희 옮김, 한겨레출판,
2009

《구체성의 변증법》, 카렐 코지크 지음, 박정호 옮김, 거름, 1985

《뫼비우스 띠로서 몸》, 엘리자베스 그로츠 지음, 임옥희 옮김, 여이연,
2001

《구약성서-한영 성경전서 개역 한글판》, 대한성서공회, 1987

"한 칸의 사이", 〈녹색평론〉, 배병삼 씀, 139호

《스물한 통의 역사 진정서》, 고길섶 지음, 앨피, 2005

《잊지 않겠습니다》, 4·16가족협의회 외 엮음·박재동 그림, 한겨레출판,
　　　2015

《삼국유사》, 일연 지음, 김원중 옮김, 을유문화사, 2002

《사라진 손바닥》, 나희덕 지음, 문학과지성사, 2004

《4·3은 말한다》(전 5권), 〈제민일보〉 4·3 취재반 지음, 전예원,
　　　1994~1998

# 나쁜 사람에게 지지 않으려고 쓴다

2020년 2월 8일 초판 1쇄 발행
2023년 6월 2일 초판 6쇄 발행

- 지은이 ──────── 정희진
- 펴낸이 ──────── 한예원
- 편집 ──────── 이승희, 윤슬기, 양경아, 김지희, 유가람
- 본문 조판 ───── 성인기획
- 펴낸곳  교양인

　　　　우 04015 서울 마포구 망원로6길 57 3층
　　　　전화 : 02)2266-2776 팩스 : 02)2266-2771
　　　　e-mail : gyoyangin@naver.com
　　　　출판등록 : 2003년 10월 13일 제2003-0060

ⓒ 정희진, 2020
ISBN 979-11-87064-44-2　04800
ISBN 979-11-87064-43-5　(세트)

이 도서의 국립중앙도서관 출판예정도서목록(CIP)은 서지정보유
통지원시스템 홈페이지(http://seoji.nl.go.kr)와 국가자료종합목
록시스템(http://www.nl.go.kr/kolisnet)에서 이용하실 수 있습니
다.(CIP제어번호: CIP2020003323)